# 処女連禱《れんとう》

有吉佐和子

集英社文庫

# 目次

第一章　白い顔……7
第二章　卯《う》の花くたし……42
第三章　華燭《かしょく》……71
第四章　虹色真珠……103
第五章　鶏眼《けいがん》……136
第六章　マリアの連禱《れんとう》……183
第七章　影過ぎき……220
解説　藤田香織……260
有吉佐和子PhotoMemory……266

# 処女連禱《れんとう》

# 第一章　白い顔

倉賀野祐子《くらがのゆうこ》は自分の肌を色白だと思いこんでいる様子だが、グループの一人であるトモ子に云《い》わせると、「白いもんですか、手や衿首《えりくび》と較べてごらんなさいよ。あの人、女学生の頃から漂白クリームか何か使っていたに違いないわ、きっと」と仮借がない。本当にそうかもしれないと文代が思ったのは、卒業の間近いある日、学生食堂《キャフテリヤ》の一隅で凋《しぼ》んだように坐《すわ》っている祐子を発見したときであった。

二月という季節、ことに終戦後のことでもあり、陽光の乏しい地下室には中央のストーヴを囲んで二、三人の学生がぼそぼそ話しているばかりで、キャフテリヤは寒々としていた。ミス・ライエルの英会話を遅刻を潮にサボって、階段を降りてきた文代は、逆光線に立った自分を一隅から見つめている視線を感じて目で追うと、祐子が、その瞬間にすっと視線を外らしてしまった。

何時《いつ》もの癖だ。人の注意を惹《ひ》きたいとき、祐子はきまってこの手を使う。それをうるさがってトモ子などは、「何よ、用事があるなら、さっさと云ったらいいでしょ。勿体《もったい》ぶったやり方しないでほしいわ」と面と切りつけてしまうのだが、「あら、用事なんて」とやんわりとかわされて、「だから嫌さ、なんだってあんな人がこの女子大に入れたんだろ」と後でぶつくさ云う羽目になる。それを文代は知っていたが、この日は何故《なぜ》か知らぬふりも出来なくて、

「祐子、どうかしたの?」

と寄って行った。もうじき卒業だという意識が友情を厚くしていたのかもしれない。

校舎に備えつけたスティームは、戦争以来もう何年も死物同然になっていて、学生たちは室内でも厳冬は外套《がいとう》を脱がない習慣が身についてしまっていた。祐子も黒いアストラカンのコートを着たままであったが、天井から厚いガラス越しに洩《も》れてくる鈍い陽光が届かぬような隅っこに坐っているものだから、背景《バック》が暗《やみ》に溶けて、彼女の顔はオランダ派の絵のように浮出て見えた。鼻から下が平べたすぎる欠点を除けば、祐子は切れ長の目と形のいい眉《まゆ》を持った、まず美人に近い容貌《ようぼう》の持主なのである。

「あら、いいえ。……でも、お分りになったのかしら?」

話があるようでないような、話したくないが聞かせたいような、相手が神経を苛立《いらだ》たせるのを待って語り出そうとする、祐子一流の話術である。短気で淡泊で、テキパキし

た交際を好む女子大生気質からは敬遠される筈《はず》のもので、そんなときは故意に話の先を無視するのが彼女たちの流儀なのだが、文代には並より少々厚手の忍耐心があったし、それに近寄ってみると祐子の顔色が常より冴《さ》えないのにも気づいたので、乗った。

「何か、あったの？」

「え、まあね。あったと云えばあったのだけれど、なくなってしまったのよ」

例によって面倒臭い。文代が憮然《ぶぜん》としていると、今度は囁《ささや》くように祐子は云い出すのだ。

「公彦《きみひこ》さんから手紙が来たの」

なんだ。とどのつまりは又、惚気《のろけ》を聞かされるのかと文代はがっかりして、祐子の横顔を見てしまった。白いというより蒼《あお》い肌だ。ファウンデーションの塗り方が何時もより薄いためか、よく見ると、今日は素肌に近い。なるほどと、トモ子の言葉を思い出した。

「酷《ひど》いのよ、あの人」

急に、祐子が鋭い声を出した。今度こそ文代は身を乗り出した。祐子の両頰《りようほお》を涙がつたわり始めたのだ。

「僕のことは忘れてほしい、そう書いてあるの」

「ええ？　醍醐《だいご》さんが？」

「そうなのよ。私の母が許さないでしょう？　それを気にしているのかもしれないんだけど。留学の予定は二年だが、もっと勉強したいし、欧州へ廻《まわ》ることも出来そうなので、そうなれば二年が五年にもなりかねない。その間を女の身で待つのも辛《つら》いだろうし、親の賛成しない相手を考え続けるのは日本の現状ではなま易《やさ》しいことではないと思うから、って……」

ていのいい縁切状ではないかと、文代は聴いていて胸が塞《ふさ》がった。祐子の頬に虚《うつ》ろに浮いている蒼みの原因は、それだったのか。

醍醐公彦と祐子との恋仲は、当初の馴《な》れ染めからグループには発表されていた。旧華族の御曹司《おんぞうし》で、しかも東京大学理学部を優秀な成績で卒業した彼と、財閥S家の姻戚《いんせき》というう家柄を誇る祐子との恋愛は、敗戦と同時にもたらされた華族廃止四民平等にもかかわらず、輝かしく話題の中心となっていたのだった。幼い頃、新宿御苑《しんじゆくぎよえん》で催された菊見の宴が、思い返せば初対面であったとか、進駐軍将校たちを専門の客とするLクォーターで、元宮様某氏の紹介で知りあった折の光景とか、祐子は例のゆったりした口調で皆を聞き惚《ほ》れさせてしまったものだ。多分、庶民出身の文代たちは雲上人《うんじようびと》の動静を見るような気分に浸らせられて、一種の魔術にかかってしまったのだろうが、それにしても世の中が何がな騒がしくて正常に復すには間のある頃、こういう物語が身近くグループの一人の口から実話として聞けることに、文代たちは何か将来に温い希望を見るようで快かったのであった。

　ただし、醍醐公彦と倉賀野祐子との恋は、最初から波乱が予約されていた感がないではなかった。そういう世界の婚姻にえてして最大の障害になりがちな家柄の問題については、両家にさして支障はない筈であったのだが、公彦が伊藤博文《いとうひろぶみ》の曾孫《ひまご》に当り、伊藤家から幼時に嗣子《しし》として迎えられたということが判明するや、にわかに倉賀野家の未亡人が異議を唱えだした。その理由というのが、伊藤博文は、祐子の母方の祖母の家と何かややこしい経緯《いきさつ》を持つとか持ったとかで、血縁関係を詮索《せんさく》する未亡人は、絶対に反対だと云いだしたのだ。祐子の口からそれを聞いたとき、グループは一応そのときは納得したのだが、後で考えてみると誰一人としてその理由をはっきり呑《の》みこめた者がない。多分そのくらいややこしい世界なのだろうと溜息《ためいき》をついて、トモ子などは、「シモジモには少くともそんな苦労はないわね、誰と恋愛したって」と自分の身分に安心したものだった。

　醍醐家の方には、公彦が養子となるとき暗黙裡《あんもくり》に先代の姪《めい》にあたる娘との婚約が交されていて、祐子は「辛いのよ、私も」と呟《つぶや》いて大いに皆の同情を求めたが、これは公彦が貴公子らしい毅然《きぜん》とした態度で、先方のお姫様と話をつけ、あっさりと破約にしてしまった。

「男らしい方なのねえ」と云って、瀬見薫などは感嘆したものだ。

そんな中で、醍醐公彦が戦後何回目かの留学生試験にパスし、華やかに横浜港を出発したのは、たしか一昨年の初秋だったと思う。その頃の祐子の誇らしく楽しげな様子といったらなかった。「私が卒業する年の秋に公彦さんが帰ってくるんだわ。それまでに私、ドイツ語をやらなきゃ。だって彼の専攻は純粋物理学なんですもの」という工合で、文学部だけしかないR女子大学の学友たちは彼女たちには珍プン漢プンの物理学用語を交えた話の際限のなさに聞きくたびれ、そしてその疲れの中から、女子大などという没色彩《カラーレス》な世界で、及第点を目当てに汲々《きゆうきゆう》としている我が身を嘆き、いわば売却済みのスタムプを額に自慢げに押している祐子を羨望《せんぼう》するのがオチであった。

そんなことを思い出すと、いま文代の目の前で幽《かす》かな呼吸をしている祐子の寂しそうな横顔には、一層哀感が見えて、迂闊《うかつ》な相槌《あいづち》は打てない。なんと云って同情したものかと文代が当惑していると、丁度《ちようど》二時限が終了して、急に人影が殖《ふ》えてきた。地下食堂《キヤフテリヤ》は天井が低く、不景気なストーヴでも暖房があるので、ふだんは人気《ひとけ》のない所だが、冬期だけ学生の溜《たま》り場になるのだ。

ミス・ライエルの英会話を終えて、飛出してきたらしい正田《しようだ》トモ子、瀬見薫の二人が階段の途中から文代を見つけて、手を振った。

「ちゃっかりしてるわねえ、私たちもサボればよかったわ。試験が終って卒業のメドは立ったっていうのに、義理にからまれた気で正直に出て損しちゃった」

そんなことを云いながら近寄ってきて、

「どしたの？　二人とも浮かない顔ねえ」

トモ子が立ちはだかったまま、訊《き》いた。

入学以来三年間、何かと行動を共にしてきたグループだが、七人いれば性質も七色で、中でこのトモ子と祐子とはどうしても馬が合わぬというのか、常からしっくり行かない。祐子の納りかえった口のきき方が、下町育ちのトモ子には我慢がならないらしく、祐子の方でも何の皮でも剝《む》かずにはいられないトモ子の性質が人種を同じくしているようには考え難いのだろう。

文代は目顔で今日は軽口で話しかけてはいけないのだとサインを送ったが、トモ子は一向に動ぜず、じろじろ祐子の様子を観察しているので、別の話題を与えるよりテはないと思った。

「どうだった？　ミス・ライエルは」

「ひどいものよ。今日でもまだリーディング・コレクションをやらせるんだから。オウ・ガールズ！　ノウ・ガールズ！」

大仰な身振りを真似《まね》てみせた。

「そうなのよ、まっ赤なコートを着てねえ、派手ねえ外人って、あんな、もういいお婆《ばあ》ちゃんの筈なのに」

そんな話をしているところへ玉置朋枝が風呂敷包みを小脇《こわき》にして悠々と現れた。

「ハンガク、遅かったわね」

トモエという名と、五尺四寸十八貫を人呼んで源家《げんけ》の女傑巴板額《ともえはんがく》と仇名《あだな》している。

朋枝は柔和な顔を向けて、

「ウン、卒論がね、やっと上ったの」

と云った。

「まあ、よかったわ」

薫は朋枝が隣に来ると、まるで嵩《かさ》が半分だから、声まで可憐《かれん》に聞えてしまう。

「心配かけたわね。ありがとう」

ごそごそと包みを解《ほど》いた。英文タイプ紙にぎっしり打ちこんだ論文が現れ出た。

「わ、すごい」

凄《すご》い卒論であるに違いないと皆も期待はしていたが、その予想を遥《はる》かに上廻る厚みだったのである。トモ子が身を乗出して、

「まあ、よくやったわねえ。かなわないわ、ハンガクには。ヴォリュームが違うじゃないの。しかもウルフを、ねえ」

と吐息をついた。

R女子大学は大学と銘打っていても、もちろん新学制よりずっと以前の創立だから、

法律では専門学校令によっている。従って内容は、いくら力んでも男子の大学より総体的に落ちるし、単位取得の方法も学務課の組んだ時間割による天降《あまくだ》り式だし、卒業に当って各自に特別の専門研究など出来る筈のないのが建前になっていた。卒論などと仰々しく云っても、各自の三年間の業績を集大成した論文など逆立ちしたって書き上げられるものではないのだ。一応の形に、銘々書くのは書いたのだけれども、正田トモ子なんか三日ほどで、キーツの詩句についての論文をまとめたし、文代は常識的なシェイクスピア論を通り一ぺんに清書して提出した。

それが玉置朋枝は本腰を入れていたのである。ヴァージニア・ウルフなどという、不勉強なのは同じ英文科にいても耳にしたこともないような女流作家の研究を、彼女は二年に進級した頃から自分一人でやり始めていた。戦争ノイローゼで自殺した高度の知性の人ウルフと、およそ四肢と同様に神経まで太そうに見える朋枝との対照の妙も伴って、彼女の猛勉ぶりは長く話題であった。教授たちの間でも取沙汰《とりざた》されるほどだったのである。

文代は表題を声に出して読んだ。

「A Room of Her Own ― V.Woolf……ウルフの世界と訳すの？」

「ううん、彼女のエッセイをもじったの。“A Room of One's Own”というのがあるのよ。女が仕事をするためには自分一人の部屋が必要だという趣旨なの」

「あら、贅沢《ぜいたく》ねえ」

この頓狂《とんきよう》な合の手を入れたのは、云うまでもなく瀬見薫だ。戦災で家を焼かれた為《ため》に疎開から帰って一家で間借り生活をしている。弟妹ごちゃごちゃと暮していることを皆、知っていたから、朋枝も一緒になって笑った。が、次の瞬間その笑いは妙な工合にすぼまってしまった。倉賀野祐子の様子に皆が一斉に気づいたのである。

「どうかしたの？　祐子さん」

「変なんだ、この人、さっきから」

トモ子も流石《さすが》に心配していたらしい。

全学集会のベルが、けたたましく鳴り始めた。キャフテリヤの空気は一変して、立上る学生が多く、文代たちも落着かなくなったが、中央でもう涙を流している祐子に足止めされた形で、立ちかねていた。訳を知っているらしい文代に、皆が「？」という顔で迫ってくる。

祐子が白いハンカチを鼻に当てると、すっと立上った。

「ごめん遊ばせ、泣いたりして。私、これで失礼するわ」

様子が判《わか》らないから誰も引止めようがなく、こんなに取乱さずに涙を流せるものかとも感心しながら、祐子の姿が消えるまで、ぽかんとしていた。

「田中さん、祐子さんはどうしたのよ」

瀬見薫が文代に催促した。

「醍醐さんから手紙でね、交際を断ちたいと云ってきたんですって」

「なあに、なんだって？」

トモ子が真剣な顔をして突込んできた。

「ストーヴの傍《そば》に来ない？」

武井麗子と平林珠美が何時の間にか入ってきていた。呼ばれて、文代、朋枝、トモ子、薫は、素直にキャフテリヤの中央に移った。心の中が他人事《ひとごと》ながら重い。

「全学集会に出たのかと思ってたわ」

「出たことは出たんだけど、退屈だから中途で脱けちゃったの」

同じグループでも、武井麗子と平林珠美の二人は二人一組を作っていて、どちらかと云えば他の五人ほどグループ意識は強くない様子だ。それは二人とも美人だからだ、と文代なんかは割りきって見ている。

「ちょっと貴女《あなた》たち、事件よ。祐子が恋人に捨てられそうなの」

「ああ醍醐さんでしょ？　知ってるわ」

トモ子が拍子抜けして、何時の間に誰から聞いたか咄嗟《とっさ》にはかりかねていると、麗子は雅《みやび》やかに足を組んで、

「朝よ、校庭《キャンパス》の真ン中で泣き出されて、困っちゃったわねえ？」

「そうなのよ、嘆きを聞いたの聞かされたの、って」

「ふーん」

トモ子は感心して、じゃアこれでグループ全員が洩れなく祐子の失恋事件を知ったのだなと思った。

ここにいる六人に祐子を加えて、七人のグループが、大過なく三年間の学生生活を共に送ってきていた。出身女学校は銘々違うのだし、性格もまちまちで特に仲良くなる理由とか原因とかいうものはなかったが、玉置朋枝の頼もしさを芯《しん》にして、何時とはなし集って顔ぶれがきまっていた。七人が七人、勝手な考え方をして、それで落合うところは好意の故だと、そんな了解だけは徹底しているから、多少の軋轢《あつれき》が一人と一人の間に起っても、長く根を引く心配はない。その証拠には、常々祐子に癇癪《かんしやく》を起す正田トモ子も、いざ彼女の恋人が冷淡になったと聞けば、真剣に同情し始めるのだ。学生だとはいっても女学校時代の友だちの中には結婚して子供のあるのも珍しくない年頃なのだから、そこはかとなく異性を思慕した経験は誰にも多少あって、だからこの種の話は必要以上に彼女たちを厳粛にさせてしまう。薫だけは躰《からだ》の小さいだけ未成熟なのか、時々調子に合わせきれず奇妙な発言をするのだったが、この日も例外ではなかった。

「でも変ねえ……。すると醍醐さんの方が祐子さんに夢中になってたわけじゃなかったのかしら。祐子さんの方が熱が高いみたいじゃない、失恋だなんて」

「そりゃ最初は醍醐さんがプロポーズしたんでしょうけど、今じゃ祐子の方が首ったけなんでしょ」

「ふーん。ああ、そういうこともあるのね」

と無邪気なものだ。それから、したり顔で云った。

「そういうときこそ、お祈りが必要なんだわ、きっと」

キリスト教新教の色彩がある大学で瀬見薫は数少いカトリック信徒でもあったのだが、この場違いな意見は、たちまちトモ子に切捨てられる。

「頓狂なこと云わないでよ。神様が一々女の子と男の子の恋愛沙汰《ラブ・アフェア》にかかずらっていられるものですか、こんな忙しい時代に」

「困ったものね、これが日本なら九州だって東北だって飛んで行って話しあえるけれど、アメリカじゃあ遠すぎるわ。祐子さん手紙を書くんでしょうね？」

「書くわよ、書くわよ。書くのやたらに好きなんだもの、祐子は」

「そうそう、夏休み追分《おいわけ》寮に行ったときも、毎日毎晩書いてたじゃないの。ほらドイツ語で一つ書くんだって、私たち辞書ひくの一生懸命手伝ったじゃない？」

思い出に思わず微笑を誘われ、それが相手の男の冷えた心に思い到って六人の親友たちは一様に、まるで自分たちが失恋したような沈んだ悲しみを覚えたのであった。

大分長い間、皆黙って坐っていた。ストーヴの火が乏しく、バケツの中の粗悪な石炭は残り少くなっていた。文代が思いきって、全部中に空けてしまうと、煙突がつまりかけているのか、いぶった煙がしばらくキャフテリヤに流れ出た。けれども、皆その煙が、もわっもわっと薄れて行くのをぼんやり見ているだけだ。平林珠美が小さく咳《せき》をした。

「あたし守衛室から石炭もらって来るわ」

正田トモ子がバケツを持って立上った。彼女の気性ではこんな気分をじっと守っているのに耐えられなかったのだろう。そして間もなく凱旋将軍《がいせんしようぐん》のように戦果華々しく戻ってきた。

「どう？　薪《まき》よ。くすぶってる石炭よりよっぽど素晴らしいでしょ」

ストーヴ用の燃料が石炭だという常識は寧《むし》ろ忘れられている時代であった。薫と文代が手伝って、灰を落したり、ぷうぷう顔をふくらして吹いたり、働いた甲斐《かい》があって、粗い薪にちらりと火が芽吹いた。

「あらハンガク、それで出すの？」

このとき正田トモ子が吃驚《びっくり》して朋枝に訊いた。卒論を、彼女は今日提出するのに違いないのだが、綴《と》じもせず、紙を揃《そろ》えて今彼女が挟んでいるのは、家庭用品の洗濯挟みではないか。

「そうよ」

文代も薫も平林珠美も仰天した。クリップとか、ホッチキスとか、卒論を綴じる方法はいくらもある。ことにも女の学校だ、表紙の仕上げを綺麗《きれい》にするのは常識なのだ。倉賀野祐子などは御祝儀用金銀の水引きを応用して、ホイットマンの研究を金色燦然《こんじきさんぜん》と綴じあげ、「流石ねえ、上流社会《ハイ・ソサエティ》の出身は違うわ」などと驚歎《きようたん》されたばかりであった。それが、玉置朋枝に至って、洗濯挟み二つとなったのである。しかも木製の……。

「だって、貴女、それ洗濯挟みじゃないの」

「そうよ。いい思いつきでしょ」

「ひどすぎるわよ、ハンガク。卒論を木の洗濯挟みで綴じるなんて、聞いたことがないわ。およしなさいよ、みっともないわ。大型のクリップなら購買部にあるわよ」

「大丈夫よ。洗濯挟み、洗濯挟み、って云うけど、これ新品なのよ」

処置なし、である。朋枝は立上った。

「本当に出しに行くの？」

「ウン、研究室に置いてくる」

悠々と階段を上って出て行くのを見送って、文代たちは顔を見合わせた。

「ツワモノだわね」

「私、驚いちゃった。先生も吃驚するわよ、きっと。ヴァージニア・ウルフが、ねえ、洗濯挟みで……」

正田トモ子が腕組みして云ったものだ。

「ああ女ッ気のないのも困りものね」

「そう慨嘆するのが正田さんじゃアね」

あとはわアッと声を揃えて笑って、根が苦労性でない処女たちは、祐子のことも、それっきり、あとはメリもハリもない雑談に移って行った。ストーヴの薪は明々と燃えて、お喋《しゃべ》りに拍車をかける。生乾きの割木が焙《あぶ》られて身をよじらせ、時々大きく撥《は》ねる。他愛《たわい》ない話を、ほどよく面白がって、もう間もなく社会に嫌でも出て行かなくてはならない娘たちは、その運命を知って、今の苦労知らずを身にしみじみ味わい残しておきたいと希《ねが》っていた。グループ以外の人々の顔が二人三人と加わって、話は益々《ますます》はずんでいる。

ぱーんと大きく薪が撥ねて、わっと薫が飛上った。

「熱い！　おお、熱い。チチチ……」

手の甲へ、火が飛んだのだった。

「大丈夫？」

「吃驚したわ。舐《な》めとけばいいわよ」

話題らしい話題はない折柄だったので、こんなことがアクセントになって、熱さとか痛さとか、そんな感覚を一番激しく受けるのは五体五感のどこだろうかという話になった。薫がすかさず、今先できた小さな火傷《やけど》に唾《つば》をつけながら、

「手の甲よ、体験者として語るわ」

と笑わせた。

「指先って敏感になってるんじゃない？　習慣的に」

「舌の先が、絶対だわ」

「二の腕って云うでしょ、色の白いところは全部そうなんじゃない？」

てんでな意見が出始めたとき、ストーヴの向う側から、ひどく静かにねっとりと、

「アシノウラよ」

と云ったものがある。

ひょいと気を呑まれて、見ると、国文科の楠本《くすもと》みよかが、睡《ねむ》そうな目をしていた。

グループ外からの、突然の発言でもあり、蹠《あしのうら》という突拍子もない意見が皆の意表をついて、誰もみよかに相槌を打つ者がなかった。未婚の処女たちは迂闊に感覚の世界を話題にし始めていたのを突然気付かされたのでもあった。舌の先や脇腹と違って、「あしのうら」は官能にぐっとくる言葉なのだ。しかもそれが、日頃あまり口をきいたことのない科の違う学生の口から、落着きはらって出たのである。

「あしのうらって、皮が厚すぎない？」

無邪気に薫が逆襲して、ようやく救いになった。トモ子など、みっともないほど大きな口を開けて笑い出した。

全学集会が終ったらしく、昼食を摂《と》りにどやどやと学生たちが地下食堂《キャフテリヤ》に降りて来はじめた。そんな中から一人が文代の姿を認めて、

「田中さん、伊庭《いば》先生が貴女を探してたわ」

「あら、何かしら」

「昂奮《こうふん》してた。早く行かないと後がうるさいわ」

「ウン、ありがとう」


英文学第二研究室のドアを、田中文代がノックすると、キンと甲高い声が、

「カム、イン!」

伊庭千代女史であった。

「お呼びでございましたって?」

「そう。貴女、どこにいらしたの? 全学集会には見えませんでしたね」

「ちょっとキャフで話しこんでしまって」

「いけませんね。卒業間近に話しこむ話題があるなんて、いいことでしょうか? 全学集会が退屈だということは大学としても百も承知なのですよ。けれども全学が一つの集《コングリゲーション》りを持つことに意義があるのです。担任として貴女がたグループが全部欠席しているとしたら御注意しなくてはなりません」

「あら、倉賀野さんたちは出席した筈ですが……?」

わざとサバを読んだ。七人のうち誰一人出席しなかったのを文代は知っている。

「そうですか。でも、そんなことは今、さしあたって重要な問題じゃありません」

伊庭女史は眼鏡《めがね》を直すと、文代に椅子《いす》をすすめた。それから外套のポケットから大きなハンカチを出して、外国式に音をたてて洟《はな》をかんだ。

寒い研究室は、もう暮からあんまり人が出入りしなくなるのだが、伊庭女史は厚手の男もののマフラーを首にまき、身をすくめるようにして暇さえあると孤《ひと》りで窓際の椅子に坐っている。研究生制度は終戦後出来たばかりだし、学生たちは時に玉置朋枝のような変り種が現れるばかり、ふだんは敬遠して決して寄りつかない部屋であった。知らん顔して来なければよかった、と文代は今頃後悔しながら、椅子の位置を脇にずらして腰を下した。真っ向から話を受けまい用心である。

「ESAの謝恩パーティのプログラムを拝見しましたよ」

「はあ」

何を云いだすのか文代にはまだ見当がつかない。ESAというのは English Speaking Association の頭文字で、英文科学生の中から有志が特に英会話の練習をする機会を持つために加入している研究会だ。外国人教師が中心で、生徒会とは元来派が違う。各学年、人数が揃っているから、英文聖書研究のグループ、ドラマ・グループ、議事法グループ、小説を読むグループ等々、グループに別れてかなり活潑《かつぱつ》な動きを見せている。文代のグループは一応全部名義だけは会員になっていたが、どのグループも一人ずつ厳格な教師がチューターになっているのがしんどくて、滅多には顔を出さないのだったが、謝恩パーティとなれば教師たちはタッチしないわけだから大いに娯《たの》しめるというので、現金に急に行事に首を突っ込んだのだ。パーティの準備委員会《プログラム・コミッティ》には正田トモ子、倉賀野祐子、それに田中文代の三人まで名を連ねている。わアわア騒いだり遊んだりすることとなれば、会話嫌いのトモ子だって文代だって情熱を注ぐことができるのだ。

「それで、委員のお一人として貴女にうかがいたいことがあるのです」

「はあ」

「この第二部の第一にある、The Holy Birth of ESA というのはなんです？」

「ESAの沿革を英文朗読する筈です」

「ESAの聖なる誕生——聖なるという言葉を私は濫《みだ》りに使って頂きたくないのです」

「はあ？」

伊庭女史の瘦《や》せて色の悪い頰が、ひきつれているのに文代は気付いて、いったい何がそんなに気に障ったのか不審で仕方がない。で、つい此方《こっち》から訊いてしまった。

「聖書《バイブル》から詞章を引用したんですけど、それで聖なると冠《かぶ》せたのですけれど、それでもいけませんかしら」

「いけません、断じていけません」

卓を平手で二度三度叩《たた》いた。「断じて」が出るようじゃ、これは本当にいけないな、と文代は考える。英文法の授業中、この場合 Shall は断じて使いません、これこれの冠詞は断じて The を用いません、——ああ三年の間に何百遍聞いたことだったろう。要領のいい学生は「断じて」が出る毎《ごと》にその箇所に赤丸をつけて試験の山をかけたものだ。

「分りました、それでは委員会を開いて早速プログラムから Holy を削除するように致します」

「お待ちなさい。私は字句の問題で貴女がたを咎《とが》めているのではないのですよ。事柄はもっと根本的なものです」

「はあ」

「私、この Holy Birth の全文を拝見したのです。読みましたよ。それで吃驚しました」

吃驚したのは文代の方だ。この聖なる誕生は主として文代たちグループの創作だったのだ。首を集めて、きゃあきゃあ娯しんで、当日きっとヒットするに違いないと確信していたものである。それだけに、門外不出を互いに誓って、コピーは各自が一枚ずつ持つだけに止《とど》めていた。七人以外は知る筈がないのである。誰が見せたのだろう?

それにしても、見せた人より、見た伊庭千代が何を怒っているのか依然として文代には理解できなかった。

「田中さん、貴女それをここでお読みになれますか？」

「はあ。でも私、コピーは家に……」

「私もコピーさせて頂きました」

待っていたように、伊庭女史は一枚のタイプ紙を卓の上に展《ひろ》げた。読んだとき直ちにタイプしたものと見える。手練《てだれ》の早業か。

「お読み下さい」

寒いし、空腹だし、それに研究室に二人きりでいることに、文代は苛立っている。だんだん癪にさわってきた。

「内容は存じております、私どもが作りましたから。でも先生、何がいけないのか、おっしゃって下さいませんか。私、正直云って見当もつかないんです」

「全部ですよ、書いてあることが全部ですよ。貴女がたは何が失礼かという判断力を持たないのですか。鎮目《しずめ》朝子先生やミス・ライエルを始めとして貴方がたの恩師、先輩、私に至るまでの名が凌辱《りようじよく》されているのですよ」

リョージョクという言葉が咄嗟に耳に馴染まなくて、文代はぼんやりした。

本文は云うまでもなく英語であったが、聖書マタイ伝第一章を借りて、すっかりもじった。つまり「アブラハムの子ダビデ、ダビデの子イエス・キリストの系図。アブラハムはイサクを生み、イサクはヤコブを生み、ヤコブはユダとその兄弟を生み、……パレスはエスロンを生み、エスロンはアラムを生み、アラムはアミナダブを生み、アミナダブはナアソンを生み、……エッサイはダビデ王を生んだ」云々《うんぬん》の、普通聖書を読む人は必ず飛ばしてしまう最初の六節を、そのまま、初代学長の鎮目朝子女史から始めて、ESAの起源を語り、現在それぞれのグループを各チューターの教師の生むところとして結んだものだ。曰《いわ》く「初代学長ミス鎮目二代目学長ミス河上を生み、ミス河上アメリカよりミス・ライエルを生み、ミス・ライエルただちにESAを生み、ESA多くの学生を集む。ミス・プレンダガストはドラマ・グループを生み、ミス立花は小説グループを生み、ミス伊庭は議事法サークルを生み……」これを三人ほどの割り台詞《ぜりふ》にして、出来るだけ早口に喋って拍手喝采《はくしゆかつさい》を呼ぶつもりだったのである。

「失礼などというタチのものではありませんよ。独身、未婚の名を並べて、生むという動詞を使う神経がひどすぎます。ミス・ライエルやミス・プレンダガストは卒倒するかもしれませんよ。私は三年間、貴女がたに欧米の礼法について随分丁寧に指導したつもりでしたがね」

文代は、まだぼんやりしていた。理由がようやく漠然と分ってきたが、漠然たるもので謝ってしまって、ひっこむ気にはなれないのである。火に油を注ぐようなものかと思いながら、慇懃無礼《いんぎんぶれい》をきめこむことにきめた。低声で、故意に英語で、恭《うやうや》しく質問した。

“I'm sorry, Miss Iba, but please tell me the reason more clearly.”（伊庭先生、申しわけありませんが、もっとはっきり理由を仰言《おつしや》って下さいませんか）

はっと、二人の呼吸が衝突したとき、まるでタイミングを合わせたように、研究室のドアが大きく開いて、ミス・ライエルが真紅のコートを肩に羽織ったまま、金魚のように颯爽《さつそう》と入って来た。

「オウ！　ミス・タナカ！」

大仰な身振《ジエスチユア》の次は、早口の英語の機関銃掃射だ。今日の第二時限には貴女の姿を見かけなかった、会話は各自の練習回数を多くするために特に小人数のクラスを作っているのだ、一人でも欠席すると目立つし、自分も寂しい。ミス・クラガノも、貴方もそれに誰それもと欠席者の名をあげて、その貴女が病気かと思いの外、ここにいるとは将に奇蹟《ザッツ・ミラクル》だ。——中年過ぎた外国人の女は云うことまで大仰なのだ。

「卒業まで、もう二週間しかありません。必ず、必ず私の時間は欠席しないで下さい。分りましたね、ミス・タナカ、私の子供《マイ・ガール》」

今日は悪日だ、と文代は観念した。

「はい、必ず、ミス・ライエル」

伊庭女史の方にも兼ねて頭を下げた。

「つまり、なんだって云うの？」

「分るじゃない、そんなこと」

正田トモ子が、話をひったくった。

「私たちのプログラムは諸先生方の処女性《ヴァージニティ》を冒瀆《ぼうとく》するものだ、と云われたんでしょ？」

「そうなのよ。それで最後に伊庭先生は、なんと云ったと思う？」

「なんですって？」

「ええッと、ひどく適切だったんだけどなア……。ウン、そうだ。乙女《おとめ》だと云ったんだわ」

「オトメ？」

「そう。少くとも私は、額面通りの乙女だ、とかなんとか、そういう風なことを云ったわ」

グループは、シーンと水を打ったように静まってしまった。まず驚いてから、その内容をたしかめて、悪感を覚えたのである。

「嫌だなア。伊庭先生の年になって……」

「オールドミスの悲哀ね」

平林珠美と武井麗子が首をすくめると、トモ子が何かを振り払うように躰を左右に揺すった。

「ああ、ジンマシンが出そう」

薫が話の舵《かじ》をとった。

「誰が見せたのかしら、Holy Birth のコピーを」

「それ、分ンないのよ。私は無論見せないし。ハンガクも見せる筈ないでしょ？　トモ子、貴女だって」

「あたり前よ」

五人が誰も他人に見せていないとすれば、

「じゃ、祐子さん？」

「まさか」

「ううん、分らない。見せたとしたら、あの人あたりよ」

トモ子が確信的に云う。

「いない人のことを云っちゃ悪いわ。それに、誰もこんな結果を予想しないもの、見せろと云われたら見せるわよ」

「それもそうね。だけど予想できる人が私たちの中にいるとしたら、案外、祐子なんじゃないかな」

「それじゃ、まるっきり貴女は倉賀野祐子の人格を認めないみたいじゃないの。いけないわ」

皆にやりこめられて、トモ子は、

「断じて、か」

と頭を掻《か》いた。

伊庭千代に呼ばれたのなら、どうせ何事かしぼられたに違いないと、文代に同情が集っていたから、食事を待たないまでも、気をきかして彼女の弁当箱はストーヴで温めてあった。文代は蓋《ふた》にさわっただけで指先を焼きそうな熱い弁当に箸《はし》をとった。

「あら、あら、タクアンが煮えちゃった」

直接自分が受けた衝撃を、グループの話題にしたためか印象のどぎつさが薄れていた。空腹が、寮で詰めた粗末な弁当に食欲《しよくよく》を駆った。舌と歯の間に熱い飯を泳がせながら、文代は、早急にESAのプランは建て直さなければならなくなったと思っていた。伊庭千代の意見そのものはナンセンスだけれども、あんな金切声をたてるのはよくよくのことだろうから、押してこちらの予定を強行するのは気の毒だ。

それにしても、と文代は考える。

OLD‐MISSという単語を、日本では老嬢という文字で直訳しているけれども、どうもこの漢字からは暗い湿気ばかりを覚えさせられて、英語の場合にうかがえる強靭《きようじん》な生命力が感じられないのは何故だろうか。早い話が伊庭女史とミス・ライエルだ、でなければ草壁先生とミス・シュナイダーだ。R女子大学の教授陣は勿論《もちろん》男性の方が圧倒的に多いし、ミセスもいないわけではないのだが、英文科は外国人の伝道者《ミッショナリ》を兼ねている者が多いのと、昔からの特色が充実した英文科のある大学なので、卒業生が母校に舞戻って講師や教授になっている者が多いのである。だから老嬢が割に多い。そしてその人たちは、伊庭千代を決して例外としないのだ。皆が皆性格が陰険で心が狭いとばかりも云えないのだが、外見からして悲しくなるほど違うのだ。ミス・ライエルを筆頭とするオールドミスたちの肥満した肉体と、陽気な話術と、猛々《たけだけ》しいまでの気魄《きはく》が、日本の老嬢からは、まるで感じられない。そして彼女たちは例外なく粧《よそお》うことをはしたないとでも断じているのか、紅っ気なしを鉄則としている様子だ。たしか五十の坂は越えた筈のミス・ライエルは、今日も真紅のコートを着て、更にそれに負けぬ赤い口紅で、華やかに文代に話しかけたというのに——。

弁当箱の蓋を閉じると、午後第一時限の始業ベルが鳴りわたった。それの鳴りやまぬうちに、文代は今思ったことを口に出してグループの意見を求めた。

「ねえ、どうしてこんなに違うのかしら、日本人とアメリカ人と」

「食べ物が違うからでしょ」

正田トモ子はベルに急《せ》きたてられて、今までの話題に興味を失ってしまったらしく、ごくあっさりと、こう答えた。

ＥＳＡの委員たちと懇談して「聖なる誕生」は、ひっこめることに決った。かわりに何かゲームをやることになって、英文のそういうガイドブックを文代一人で図書から漁《あさ》る羽目になったが、ようやく What and Why という子供だましみたいな遊び方を探し出して要点をメモし終ると、もう夕暗が濃くて、寒さは厳しくなりまさっていた。門を出るとき、ふと振返ってみた。幽かに本館から明りが洩れて、戦時中色々に穢《きたな》く彩色されたままの校舎に奇妙なアクセントをつけている。

「もうじき卒業か……」

と呟いてみた。

卒業すると同時に、七人にそれぞれの生活が始まるだろう。文代の就職先も、もう決っていた。Ｆ女子学院の英語教師。郷里からは帰れ帰れと云ってきていたのだったが、思うところあって文代は東京で独立するつもりだった。同い年の恋人が、大学を卒業するまで、まだ二年あるのだった。言葉に出して世間にも或《あ》る程度発表して将来を誓いあう世なれたわざは、昭和二十二年頃の男女の間では稀有《けう》な話だ。それだけに、文代も彼もそんな間柄を懐疑していない。どちらも学生で、郷里を離れた学徒の身だ。軽はずみは出来ないと互いに自戒し、それが恋なのだと思っていた。

文代の田舎育《いなかそだ》ちの神経では、到底、倉賀野祐子のような物語を発表することは出来なかったので、グループではトモ子を除いて誰も文代にそんなロマンスがあるとは知らない。が、それでいいのだと思う。文代は今日泣き沈んでいた祐子の、同情を求めるような、迷惑なような素振りを思い起して、人それぞれ、と苦笑するのだった。ただ一言、慰めとして云ってあげたい言葉があったが……。

倉賀野祐子は、それから三日ばかり校庭に姿を見せなかった。久しぶりで会った日、文代はその言葉で慰めようと近寄って行くと、

「あ、田中さん、お久しぶり。先日はどうも……。ご免あそばせ、醜態お目にかけてしまって」

という社交的微笑にぶつかって戸惑ってしまった。

「よかったわ、ふさいでらっしゃるんじゃないかと皆で心配してたのよ」

祐子と向うと、女子大生特有の男の子《ボビー・ソクサー》みたいな会話が首をひっこめるのは毎度ながら妙だ。

「公彦さんに、思いのままを長い長いお手紙書いて出しちゃったの。お返事は、きっと下さると思うわ。それに、ね、私も留学できそうなのよ」

「え？　まあ、何時？」

「勿論行ければ夏までによ。だって行き違いになっては意味がないんですもの」

話をきけば自費留学で出かけるらしい。早速トモ子に伝えると、

「ふーん？　凄いじゃないサ。昭和の安珍清姫《あんちんきよひめ》か。蛇になって追っかけるかわりに、飛行機で留学か。いいなア、お金があるとなんでも出来るのね」

グループは沸騰した。追いかけるのなんて、だらしがないみたいで嫌だという意見が平林珠美と武井麗子から出たが、文代も実は同感だった。失意の祐子に云いたかったのは、本当に必要としている人に自分をお上げなさい、という言葉だった——。

正田トモ子と薫は夢中で、自分たちが今にも醍醐公彦を詰問できるように昂奮している。傍で玉置朋枝が、

「いいわねえ、留学か。羨《うらや》ましいなア。私も本場で英文学をやりたい」

と溜息を洩らした。

全くだ、と文代は思った。こんな真面目《まじめ》で勉強家の朋枝が留学する道を閉ざされて、祐子の壮途は恋のためだけとしたら全く世の中は辻褄《つじつま》があわない。皆も、もうちょっと落着いたら、そう思い出すのだろうが、幸か不幸か、朋枝の呟きは正田トモ子の耳に入らなかったようである。

しかし祐子は如才がなかった。

「私ねえ、伯父《おじ》がP物産の社長をしているのよ。今度渡米するので、それに秘書役で連れて行って貰《もら》える話もあるの。様子を見て、それにしようかとも思っているのよ。だっ

て、公彦さんの奥さんになるつもりが出来ているんですもの、今更留学したって勉強する気はないでしょう？　向うで結婚生活を送るのは無理だから、それに一度顔を見て話しあうだけで、いいのよ。いいと思わなきゃ」

「やけに悟りすましてるわね。でも祐子は幸福だわよ。アメリカに行きたければ行けるんですもの」

「そうね、そう思わなければいけないかしら。本当は、私、この間の衝撃《ショック》からまだ立直っていないのよ。だってあのとき、武井さんたちから随分きつい御忠告を頂いてしまって……。私、本当に辛かったの」

「武井さんが、なんて？」

「公彦さんに、向うで好きな人ができたんじゃないかって……」

「うわ、それはひどい。あの時の貴女によくそんなことが云えたわね。ひどいわ、それは」

正田トモ子は、この間から急に日頃と打って変って、倉賀野祐子に親愛の情を示しはじめていた。彼女の恋愛に関して、グループで最も興味をよせていると云えるかもしれない。当面、大層語り甲斐のある良き聞き手であった。同情すべきところで同情し、憤慨すべき話には本気で憤慨する。日頃のバリバリした批判力を持ったトモ子に、案外人のいい半面があったと文代は面白く見ていた。祐子はといえば、こちらは一向に調子が変っていない。話し相手の身近に顔をよせて、「貴女にだけよ」といった様子を見せる。これは癖だ。

「あら、そんなにお怒りにならないでよ。だって、あの方たちも私の為を思って云って下さったんですもの。ただ私が一人で辛かっただけよ」

しかし誰も、この祐子の渡米を廻《めぐ》っての話題が、玉置朋枝を本当に悲しませていたことに気づかなかった。朋枝は、このとき、今まで一心不乱に勉学にいそしんで来た足許《あしもと》が、ぐらぐらと頼りなく動くのを感じていた。何故だか、朋枝自身では一向に理由が分らなかったが。

「私ね、本当に今度は皆さまに御心配かけたでしょう？　だから、もうじきお別れだし、一度少し遠いけれど私の家へお集り頂いて、お食事さしあげたいと思っているんだけど……」

「いいわよ、そんなこと。七人じゃ大変ですもの」

「あら、そんなこと、ちっとも。是非いらして頂くわ」

「祐子さんの門出を祝うんだから、会は私たちで持つべきなんだわ、本当は」

「そんな御心配なさらないで。田園調布って、ちょっとお遠いけど、いらして、ね？」

「そう……？　そりゃ、ごちそうになるのはありがたいけれど……」

と、このところ正田トモ子は少々だらしがない。

「皆さまからのお祝いは公彦さんが帰ったときにして頂くわ」

そんなことをぬけぬけと云ったあと、祐子は自分で気がついて胸を押えた。

「こんなこと、私、つい云ったけれど、向うへ行って本当に武井さんのおっしゃったような結果だったら、どうしようかしら」

「そんなことないわよ、大丈夫よ」

文代もつい、何の根拠もないのに誘われて力づけを云ってしまう。

「ええありがとう、でも田中さん、一人の人を思い詰めるのって、こんなに苦しいものかと思うのよ、私」

文代は、このキザな言葉に抵抗を感じながら、ふと自分の恋を振返った。そんな苦しみをかつて味わったことがなかった。急に不安になった。大騒ぎして自分の恋人を皆の話題の餌食《えじき》にしたりすることを文代は避けたつもりだったが、ひょっとするとそれは、自分の恋が本物でなかったからではないか。祐子が近頃、これだけ皆の注視の的になってしまっているのは、彼女の恋が本物で、それが皆を魅了したからではないのか。

「ええッと、何時いらして頂こうかしら。ねえ、トモ子さん何日がいい？」

「就職は四月一日づけだから、その前だったら何時だっていいのよ」

「そう？　それじゃ、卒業式の翌日はいかが？」

「私はいいけど」

「じゃ、田中さんは？　御都合よくて？」

「そうねえ、今のところ何もないけど、卒業から、ちょっと間を置いた方がよくないかしら」

「そうね。そうするわ。じゃあ、三月十八日だといいんだけれど、いかが？　公彦さんのお誕生日なの。せめて賑《にぎ》やかにしていたいわ。ね、この日にきめて」

恋人への思慕が例の手紙以来、苛立ちになって、こういうことを常に口走っていたいのだろうかと、文代はあらためて倉賀野祐子に同情するのだった。

# 第二章　卯《う》の花くたし

醍醐公彦の誕生日にグループの全員揃《そろ》って倉賀野家に招待される予定は、祐子の母の発病、入院という事態発生で中止になった。「本当にご免あそばせね」と祐子は恐縮して、病状が落着いたら御連絡するからと、わざわざ倉賀野香乃と署名した毛筆の詫状《わびじょう》を添えて、一人一人に挨拶《あいさつ》して廻《まわ》った。義理堅さに却《かえ》って文代たちは面喰《めんくら》ったものだ。

「ふーん、これ、御家流《おいえりゅう》って云《い》うの？」

「どうかしら、でも私の母は凡筆だけど、ついた先生は有名な方なの」

巻紙に水くきの跡麗《うる》わしい文を書くような雅《みやび》やかな習慣は、戦争に揉《も》まれ疲れた今日、もう大ていの家庭にはないことだろうと思っていた文代たちは、あらためて祐子の背後にある特異な生活を惟《おも》ったものであった。醍醐公彦という、話にきく限りでは非の打ちどころのない相手を、娘の配偶に容認できない複雑な理由は、そういうところに胚胎《はいたい》しているのかもしれない。

「醍醐さんの誕生日だということをうっかりお母さまに云ってしまったんじゃない？

それで険悪な親娘喧嘩《おやこげんか》が始まったんじゃないかしら」

「だって、文面が鄭重《ていちょう》だったじゃないの。喧嘩したあとで、あんな手紙が書けるかしら」

「そこがそれ上流社会《ハイ・ソサエティ》の社交性というものじゃないかな」

卒業式の日、倉賀野祐子は赤いビロード表紙のついたサイン帳を持って来て、皆を愕《おどろ》かせた。女学生時代の甘美な習慣を、この日になって思い出そうとは誰も思わなかったのである。

「私の家にいらして頂くのに、連絡方法を書いといて頂きたいの。お勤め先と、そのお電話番号を、ね」

ははあ、と納得しながら、それぞれくすぐったい思いに駆られて、運筆に気をつかいながら純白のノートを埋めた。玉置朋枝はO社の英文辞書編纂室《へんさんしつ》に、田中文代は都内の女学校の英語教師に、正田トモ子はS出版社の編集部に、それぞれ就職がきまっていた。瀬見薫は家庭にひっこむ。

「花嫁修業するんでしょう」

「あら、そんな。社会へ出て働けるような取柄がないからよ」

薫はまんざらでない顔をしながら打消した。平林珠美と武井麗子は英文科出身が派手な肩書きとして通用する時流に乗って、珠美は外国商社にステノタイプを特技とする秘書《セクレタリ》としてパスしていた。麗子は進駐軍の通訳の試験は通ったが、なったものかどうかと迷っている。

「私も迷っているの」

サインを終ったノートを抱くようにして、祐子が云った。働いてみたいのだが、母親が世間体をはばかって阻むのだという。自分としては狭い生活圏に逼塞《ひっそく》して暮すのは考えただけでも息が詰りそうなのだが、病気のためにめっきり心の老いこんでしまった今日この頃の母親を見ると、飛出すことはとても出来ない。醍醐公彦のいるアメリカへ留学するか、伯父と渡米するか、そんな話も、こうなると一から考え直さなくてはならないのだ。

「お母さまの御病気って何なの？」

祐子は俯向《うつむ》いて、しばらく云いにくそうに黙っていたが、やがて質問した文代の顔と、彼女の返事を待っている友だちの顔を順々に見守ってから、

「乳癌《にゅうがん》なの」

例の調子で勿体《もったい》ぶった返事の仕方だと思いかけていた矢先、これは衝撃だった。

「まあ、そう？　悪いことばっかり重なるわねえ」

正田トモ子は迂闊《うかつ》な口を慌てて押えたが間に合わなかった。

学生時代は温室の生活だった、と、これは卒業後、誰もが抱《いだ》く感想である。いっぱし何事も分ったつもりで、または分る能力を培った気でいても、社会に出てみると第一にテムポが違う。それに慣れるまで、心身に思いがけぬほど努力がいるのだ。大袈裟《おおげさ》な謂《い》い方をすれば、体質まで変えて行かねばならない。時間、言語、挙措、あらゆるものの習慣が違えば、物の考え方にまで無暗《むやみ》と影響が強そうである。

学生寮を出ると、田中文代はF女子学院に通いやすい中央線駅の付近に見つけた下宿に移った。家庭的で親切な主婦のいる素人家《しもたや》である。数人雑居の寮生活と異って、ようやく今から一人の生活が始まるのだ。そう思うと狭い四畳半に机と本棚だけの寂しい住居も、希望に充《み》ちているように見えた。ウルフは女が仕事をするとき、一人だけの部屋を持つ必要があると説いたそうだが、これだなと思った。が、文代の場合そう考えながらも仕事そのものの意識は強いものではなかった。郷里の家に対してはキツいことを云ってやったが、女学校の英語教師を終生の職業にする気は毛頭ない。恋人との結婚まで、いわゆる腰掛けのつもりである。教師という職業に伴う責任や義務は最小限に止《とど》めよう。何よりも先生というギスついた感じを、この躰《からだ》に滲《にじ》ませぬよう、それには最大の注意を払わなくてはならない。全く伊庭先生のような慄然《りつぜん》たる老嬢になったら女もお終《しま》いだ――。

女子大での生活で具体的な思い出が、数の上で乏しいのは意外なくらいであった。卒業間際の「聖なる誕生」事件が未《いま》だに苦笑を誘うのでは困ったものだと文代は思いながら、それというのも始終同じ年齢の揃ったグループの中で大した摩擦なく暮してしまった所為《せい》だろうと気づくことであった。冬は学生食堂《キャフテリヤ》に屯《たむろ》し、春は校庭《キャンパス》を逍遥《しょうよう》し、何時《いつ》も七人が固まっていたというのは、七色の個性を三年の歳月で互いに馴《な》らしあったことになるのではないのか。倉賀野祐子と正田トモ子というグループの両端で合いようのない二人が、卒業近くに示しあった親愛の様子は、でなければ何事だろう。……そんなことを今頃になって文代が考えるというのは、卒業と同時にその七人が、まるで散り散りバラバラになってしまった感が深いからである。毎日のように顔を合わせていたグループが急にばったり会わなくなってしまったのだ。懐しい会いたいと念《おも》いながらも意に背いて果せないのである。各自各様の生活の変化が、彼女たちを追いかけまわしているからに違いなかった。

それは、文代の下宿に頻繁に舞いこむ葉書からでもしれる。正田トモ子は出版社の様子を彼女の昂奮《こうふん》ぶりがうかがえる走り書きで、ちょいちょい報《し》らせてくる。忙しい忙しい、と重ねて、最後には随分会わないような気がする。一度みんなで集る機会を持ちたいと必ず結んである。この結びの文句は、玉置朋枝にしても、瀬見薫にしても同様であった。

倉賀野祐子からは、封書が来た。他の人たちは例外なく葉書なのに、これは如何《いか》にも祐子らしいと思いながら封を切ると、母堂香乃夫人の娘らしく便箋《びんせん》は趣味性の強い和紙であった。しかし書かれた文字はノートを取りなれた右上りの厳《いか》つさで、ようやく文代は懐しくなった。

久しくお目にかかりません。お会いしとうございます。卒業前後、醍醐公彦や母の件で何かと心せわしく、日も月も飛ぶよう過ぎてしまった様子でございます。御無《ご》沙汰《ぶさた》申上げましたが、右の次第御理解あって何とぞ御容赦下さいませ。先日、正田さまよりお便り頂だい致しまして、本当におなつかしく、今さらのように卒業以来の日を指折り数えてみました。皆様に、わけても貴女《あなた》に、お目にかかり度《と》う存じます。

おかげ様で母も手術後良好な経過を辿《たど》って、過日退院いたしました。乳房を除去するという事が、まだ老いきっていない母の場合本当にいたましく、私は私の乳房を押えて泣いたものでございます。右の胸はのっぺりしていて、まだ傷痕《きずあと》が生々しく、入浴の折、私は思わず目を外らしました。でも外科の技術は日本最高を誇るT病院に思いきって入院いたしました為《ため》に、至難と云われる乳癌の手術も大そうスムーズに行われた様子で、今後癌腫《がんしゅ》再発の心配は全くないと思われます。それを何よりと思わなくてはならないかと存じます。

大変御心配を頂きました醍醐公彦のことは、どうぞ御安心下さいませ。私の手紙に折返し、航空速達便にて返事が参りましたの。平謝りでしたわ。試すような結果になったことが本当に申訳ないと云って縷々《るる》謝罪していました。武井さんでしたか、平林さんでしたか、醍醐に恋人が出来たのではないかとおっしゃいましたけれど、彼の手紙を信頼するならば大学《ユニバーシティ》には、私より魅力のある女性はいないそうです。あら、ご免あそばせ。こんなに筆を跳ねさせるつもりはございませんでしたのに。でも貴女には遠慮なく甘えさせて頂けると思ったのですわ、悪《あ》しからず思《おぼ》し召して下さいませね。

祐子の手紙は、これが始めてではなく、夏休みに軽井沢から便りを貰《もら》ったこともあったので、調子には今更おどろかなかったが、同時に来た正田トモ子の葉書の文面と比較すると対照的で、文代は少々祐子のえんえんたる文章には辟易《へきえき》しながらも面白いと思った。トモ子の葉書は、こうだ。

元気？
当方、あっちでマゴマゴ、こっちでマゴマゴしているうちに、編集はともかく校正と原稿とりのコツは漸《ようや》く呑《の》みこめてきたようです。

祐子より長文の来信あり、「お会いしとう存じます」には同感。彼女の招待には必ず行くべし。私も必ず。

学生時代の悪筆が益々《ますます》勢づいて大きく喚《わめ》いている。それなりに気持のいい文字だ。祐子もトモ子も両方で相方の手紙を受取ったと書いてあるのは面白いと思った。トモ子の葉書にある祐子の招待というのは——。文代に来た手紙はまだまだ続く。

（中略）皆さまから集りたいというお手紙いただきます度に、祐子は卒業前のお約束を思い出して、心から申訳なく存じております。あの時は心が動揺して……（中略）。でも是非お集りいただきたいと存じます。母も退院いたしまして人恋しくなっております折から……（中略）。他にも私の男友だちなど一緒にお招きして賑《にぎ》やかな一日を持ちたいと計画しておりますけれど、いかがでしょうか。そろそろ皆さまも結婚適齢期ですから、そういう機会に私の友人同士知りあうことができて、そして結びあう縁にでもなったらなどと、祐子は醍醐を得ている手前、なんとなく皆さまをだしぬいたような申訳ない気持でおりますもので、そんなことを希《ねが》っておりますけれど……。（後略）

文代は、ともかく恋人らしい者を仮定にしても持っている手前、この祐子の手紙を如何にも祐子らしくいい気なものだと思ってしまったが、心の片隅では、一人でも多く異性と知りあって、その中で一番いいのを選べばいいのだからと、そんな途方もない妄想をうっかり始めていた。祐子が醍醐公彦という絶世の美男と恋をする一方、多勢の男友だちを持っていることは既にグループでは周知であった。祐子たちの社会では戦後ではなくとも男女の自由な交際は一般家庭より開放されている。そして彼らは例外なく家柄がよくて、のびのびと自由を享楽している様子だった。祐子が自ら買って出てグループと異性たちの社交機関になろうと言い出したのだ。これは正田トモ子でなくとも、「必ず行くべし」である。

何しろ散り散りになった六人を集めるのだから、祐子一人では手が廻りかねるというので、正田トモ子が車輪になって皆の都合のいい日を調べ、ようやっと日を決めると、それが倉賀野家の先代の法要とかにぶつかってしまったり、そこで考え直すうちに夏が来て、他の連中はアクセク働いているというのに祐子の一家は軽井沢へ出かけてしまう。別荘にお招きしたいがという葉書が来たが、正田トモ子が暑気あたりでフラフラになっていて、これも流れた——。

そんなこんなで、田園調布の倉賀野家にグループ一同が落ちあったのは翌年の、五月半ば、卒業以来一年余の月日が過ぎてしまっていた。

その日は季節に似あわぬ土砂ぶりであった。早朝、文代の下宿に瀬見薫から電話がかかってきた。

――本当に今日は、大丈夫なの？

「何が？　どうして？」

――祐子さんから何も云って来てない？　雨で流れるんじゃないかしら。

「まさか」

――だって、何遍目だと思う、集りかかっては駄目になったこと？　心配だわ。

たしかに、薫の杞憂《きゆう》が当然になりかかっていた。何しろこの一年間は皆の都合のつく日と時間を考えるのにキリキリ舞いしていた感が深い。一月も前から予定した日が、二日ほど前になって急に中止になったことが、本当に――、何遍あったか。念のために祐子に電話してみるのも、こう度々では失礼になるかと思い、

「私は行くわよ」

――そう？　じゃ、私も。

ということで、雨の中を出かけた。

招待を受けたことではあり、一年という長い時間が互いに懐しさを強めているに違いないから豪雨を衝《つ》いて欠席者は一人もないと文代は思いこんでいたのだが、案に相違し

て平林珠美と武井麗子の二人は姿を見せなかった。

「凄《すご》ォい雨ね。今ごろの雨は卯の花くたしってとこだけど、これじゃあ……」

「そうねえ、こんなに叩《たた》かれちゃ、卯の花が腐る前に散ってしまうわ」

風流な会話を先ず始めたのは瀬見薫と主人の倉賀野祐子であった。二人とも家庭にいて、謂わば昔風の令嬢生活だから季節を見る目《ま》も、それなりにおっとりしているのかと文代は感心した。同じ雨でも正田トモ子と玉置朋枝の場合は見方がすっかり現実的だ。

「天気予報では当分この雨が続くんですってね。いやだなア、原子爆弾以来、天候異変が起ってるようだわ。何かが間違って来てる世の中だ、なんて、こんなことにも考えてしまうの、私」

「学校だったら、えいっと休んじゃうのに。月給もらうとなるとコムプレックスがあるわね、雨が降っても槍《やり》が降っても出社しなくちゃならない」

文代も同感である。コムプレックスだとは思わないが、文代は先ず生徒の顔を何事にあれ第一に思い浮べてしまう習慣を持ち始めていた。安直に休んだり、サボったり出来なくなったのは他への責任を感じるからである。しかし、それはそれなりに甲斐《かい》のある仕事であった。少くとも一軒の家に終日坐《すわ》っていることを考えれば、退屈しないだけでもありがたいと思わなければならない。倉賀野祐子や瀬見薫は毎日をどうやって暮しているのだろうか。これは今更のような疑問であった。

倉賀野家は、皆が思っていたよりずっと地味な邸《やしき》であった。母一人娘一人に女中二人とすれば、滅茶滅茶《めちゃめちゃ》に大きいマンションは必要のない筈だったと銘々に納得したが、通された応接室の豪奢《ごうしゃ》なセットや、壁にかけた絵や、高い天井と重々しいカーテンには矢張り威圧を受けた。凝った建築であることは素人目にも判《わか》るのである。

「お遠いところを、雨が降りますのに、まあようこそお運び下さいました。どうぞお寛《くつろ》ぎ遊ばして」

祐子の母、倉賀野家の未亡人は、入ってくるなりその繚乱《りょうらん》たる和服姿で一同を圧倒した。若いのである。美しいのである。青磁色の着物と金茶色の帯が、華やかな笑顔を咲かせていて、四人の娘たちは眩《まぶ》しい思いをした。誰もが心の中で、自分たちの母親の年齢以上に老けた態を思い起し、羨望《せんぼう》とも辟易ともつかぬ奇妙な感じに襲われたのである。

「まあ皆さま、遅ればせでございますが御卒業おめでとう存じます。在学中は祐子が殊の外お世話になりまして、本当にありがとうございました」

「お母さま、こちらの玉置さんには祐子の卒論で、特に御厄介おかけしたのよ」

「玉置でございます。今日は大勢で……」

「ようこそ、ごきげんよう。まあ、本当にお身大きくていらっしゃいますのね。けっこうですわ。いえ常々祐子から頼もしい方だとお噂《うわさ》うかがっておりましたんですの。いろいろ本当にありがとうございました」

「はあ……。いいえ……」

「田園調布はお遠うございましょうけど、どうぞ又ちょくちょくおいで遊ばして。今日はどうぞ、ごゆっくりなさいませ」

女中がコーヒーとショートケーキを運んできた。入れ違いに未亡人は扉の外に消えた。それぞれの前に菓子皿が置かれる間、客は打水された後のように、シーンとしていた。あまり物事に強く感じ入ることのない薫がまず溜息《ためいき》をしてから口を利いた。

「祐子さんのお母さまって、お綺麗《きれい》ねえ。お金と暇があると、年なんかとらずにすむのかしら」

「あら、そんなこと。それより、おコーヒー冷めないうちに、ね、どうぞ」

匂《にお》いのわりに味に深みのないコーヒーだったが、客は魔術にかかったように手を揃えて一斉にとりあげた。玉置朋枝が、一口喫《す》って、ふふと笑った。

「お身大きくていらっしゃる……。云われちゃったわ」

朋枝のように大柄になってしまうと、却って気の毒がって人々はそのことを話題から外らすのを礼儀としている。グループがハンガクと仇名《あだな》して呼んだのは、そういう礼儀が寧《むし》ろ朋枝を傷つけることを知っていたからだった。それが明らさまに、頼もしいと称揚された。慇懃無礼《いんぎんぶれい》か社交の非社交性か、少々度胆《どぎも》を抜かれたのは、当の朋枝ばかりではなかったのだ。

「でも、優しそうなお母さまだわ。醍醐さんのこと強引に反対なさったなんて、信じられない」

祐子が慌てて、女中の存在を目くばせで知らせた。空の盆を下げた姿がドアの向うに消えるのを待って、

「それが、こと醍醐のことになると、もう無茶苦茶なの。どうしてか、と思うようよ」

「……分るような気もするけど」

文代は、一寸《ちよつと》あらたまって訊《き》いた。

「お母さまが反対なさるから、貴女の気持が却って強まるんじゃないかしら。殊にアメリカに醍醐さんがいて、それで貴女の愛って貴女一人の中でだけ育ってしまってるんじゃない？　こんなこと訊くの失礼かもしれないけど、私にはね、ちょっと判らない点があるの、自分のことで、なんだけど……」

文代が郷里に帰らず、東京住いをしてしまった原因の一つは、心で秘《ひそ》かに思っていた人との恋愛があったのであったが、卒業後一年の間に今ふり返ってみると唖然《あぜん》とするような変化があった。一口に云って文代は恋人に興醒《きようざ》めしてしまったのである。下宿に一人で暮してみると、寮の時代には予想できなかったほど頻繁に「彼」が訪れるようになって、初めは寧ろ二人の熱の高まることを文代自身で自戒しなくてはならぬかと思って

いたのに、案に相違してそれが文代に彼を冷静に観察する機会を多く与えるという結果になってしまった。平凡な男と思い、それを信頼していた筈《はず》だったのに、屢々《しばしば》会ううち、その平凡に食傷してしまったのだ。しかも相手が文代のそうした変化に気づくどころか、いい気になって我が家に入るような顔で下宿に姿を見せるようになると、益々興醒めてくるのをどうしようもなかった。下宿の主婦から暗に婚約者かと探りを入れられるに及んで全く音をあげてしまった。が、やりきれない気持はそんな具体的なことより、愛が色褪《いろあ》せるときの味気なさだ。

「分るな。分るわ全然、その気持」

トモ子が自棄《やけ》のように同感して文代を鼻白ませた。

「私、よく分らない。お話としては分るんだけど、そうなることが醍醐と私との間に起るなんて考えられないの」

「満足してるのね、よっぽど」

「そうよ。私、とても幸福なの」

よけいなことを云って、とんだ祐子の結論を導いてしまったと文代が後悔していると き、案外この話は四人の関心を惹《ひ》いたらしく、「愛」を廻《めぐ》ってかなり活潑《かっぱつ》な意見が出始めた。

玉置朋枝は真面目《まじめ》な顔をして、セナンクールの「恋愛論」や、プラトンの「饗宴《きようえん》」

や、「アベラールとエロイーズの書翰《しょかん》」などを引用して、認識論的愛だとか、形而上学的《けいじじょうがくてき》愛だとか難しい話を始めて一同を辟易させた。辟易している聞き手は、しかし非常に大仰な身振りで朋枝に応《こた》えている。この巨大で、最もオンナケに乏しい朋枝が「愛」を語っているのだ。冷笑してはならない相手だった。それに分っても分らなくても、愛の話は娘たちを少くとも退屈にはさせない。

「だけどさ、ハンガクの話だと、愛って愛する側の話だけみたいじゃない？」

「そうですもの」

「異議はないわよ、反対はしないけど、詰まんない。愛してくれる人の話がなくっちゃ」

薫とトモ子が云い出すと、祐子は不自然なほど笑いころげた。文代は誘われて苦笑したが、言葉の実感が胸に迫って困っていた。

背の高い人がいい。若いくせに肥《ふと》ってるのは嫌だわね。お金は？　絶対、貧乏は嫌だもの。その点で中年の人って魅力があるわ。そうかしら私は嫌だナ、中年になると皆、歯が穢《きたな》くって、見ていてがっかりしない？——話がどんどん形而下的《けいじかてき》になってきた。

正田トモ子が彼女の働く編集室の男性を紹介し始める。家でおさんどんをしていると称する薫は異常なほど目を輝かして聴く。朋枝が時々、彼女自身の感想を交える。——Aという若い男、ハンサムなだけ話がキザで聞いていられない。Bは堅実そうだが一時間話せばスッカラカンで、つまり内容に乏しい。Cは年百年中風が吹き曝《さら》しているような男だが、案外芯《しん》がしっかりしていて、それだけ魅力があるようで実は信頼すると酷《ひど》い目を見そうだ。年を取って、何の取柄も摩滅させてしまったような老人がいる。あれを見ると若さに眩《くら》まされて人に惚《ほ》れると、とんだことになるとぞっくりする――。

薫が急に溜息をついた。

「でも、そんなこと云っていたら、オールドミスになっちゃわない？」

ひやりと冷たいもので片頬《かたほお》をなでられたと思ったのは、文代一人ではなかったらしい。外の雨の音が急にどっと大きく感じられた。話の途絶えた不自然な静寂を、煩《わずら》わしく思えずにいられるのは倖《しあわ》せだった。

「酷い雨だわ」

朋枝が呟《つぶや》いた。

祐子が立ってカーテンを閉めて電気を点《とも》した。まだ外は雨でも明るいので、電燈の明るさが鈍く、却って重っ苦しかったが誰も何も云わない。

「私、今こんなことを云って申訳ないと思うけど、幸福だわ。少くともオールドミスになる可能性はないのですものね」

祐子のねっとりした口調が、部屋の空気に大層似つかわしく、文代はそれがやりきれなかった。ふと、妙なことを思い出してしまった。

他でもない、祐子のボーイフレンドは何時来るのだろうか？　という疑問だ。トモ子たちも思い出していたのではないか。異性の数種の類型をトモ子が云い並べた底意は、そこいらにあったのではなかったか。確かに祐子は手紙の中に、グループと彼女の男友だちとの交歓を謳《うた》ってあった筈だ。もっとも、あの手紙から一年たっている——。訊いてみたいと心は動きながら、問えることではなかったので、まるで別なことを文代は云い出していた。

「武井さんと平林さんは、どうしたの？」

「来られる筈なんだけどなア、あの人たち。もっとも祐子が連絡したのよ、ねえ？」

「ええ、私が御連絡したわ。平林さんはお忙しいってお断りだったわ。武井さんは来られるっておっしゃったんだけど」

「雨で怖《おそ》れをなしたかな？」

「武井さんのお家、電話は？」

「そうだ、田中さんかけてみてよ」

祐子が赤表紙の例のサインブックを持ってきた。どうしたのか皆の記憶が不確かで、武井麗子の電話番号を覚えている者がなかったのである。一年が、三年間馴染んだ数字の記憶を曇らしていたのだった。もっとも、平林珠美と武井麗子は、どちらかと云えばグループの別派であったが。

「あの人たち二人とも美人だから、男の子にもてて、もてて、日曜日って忙しいのよ、きっと。いずれをあやめ、かきつばた、だったもの」

文代が祐子と一緒に電話をかけに部屋を出ようとしたとき、正田トモ子がこう云った。するど祐子は、きっと振返って、

「まさか」

常の彼女に似気《にげ》なく断定的であった。日曜日が忙しいことに対して放たれた「まさか」ではなく、美しいから異性にもてる、といった言葉に射たれた矢だということは、廊下に先に出た文代にもよく分った。トモ子以下、部屋に残った三人はきっと「無礼者」と云われたに等しい気持になったに違いない。

電話の前で、渡された赤い手帳を繰り始めると、祐子が、

「私、あちらへ行ってるわね。お出になったら、よろしく」

と云って、自分の部屋へ何か取りに行った様子である。

順序も何も滅茶苦茶なノートなので、文代は武井麗子の頁《ページ》を探し出すのに大そう苦労をした。仕方なく最初から丹念にめくったのだが、群名してある人の名が単にグループの六人ばかりでなく、およそ同級生全部と思われるほど多く、別の科や下級生の名も時に混っているのか聞いたことのない姓名があった。教授、講師の名も続々出てくる。何時の間に、これだけのサインを集めたものか、文代はこれも祐子の社交性というものだ

ろうかと愕《おどろ》いていた。

ようやく見つけ出した番号でかけると、武井麗子は在宅していた。

――あら？　だって知らなかったんですもの。

意外な返事だ。倉賀野祐子からそんな電話は貰ったことがない。正田トモ子から葉書で近々に集りがある旨の報らせはあるにはあったが、日時の通知は受けていない、というのである。

「ちょ、ちょっと待ってよ。祐子に訊いてみるわ。変ねえ、皆、もう十日も前から知ってたのに」

――いいわよ、とにかく、この雨でこれから田園調布に出かける気、私にはないわ。皆さまによろしく、お目にかかれないのはとても残念だけど。

「待ってよ、待ってよ。とにかく祐子には出て貰うわ」

大急ぎで応接室に戻ると、祐子が醍醐公彦の手紙を展《ひろ》げたところだった。

「武井さん今日のこと知らなかったって云うのよ」

「ええっ!?」

トモ子が吃驚《びっくり》して祐子を振返った。

「あら、私たしかに御連絡したんだけど、お家の方が連絡して下さらなかったんだわ、それじゃ」

「とにかく出てよ。なんだか悪くって、すぐに切れなくて待ってて貰ってるの」

文代は一緒に引返した。トモ子たちは直《す》ぐ又、手紙に興味を戻したらしい。

「祐子でございます。ごきげんよう、お久しぶり。お元気でいらっしゃいます？　そうですって、私も今吃驚してますの、ご免あそばせ、私お母さまでしたかしら、お姉さまでしたかしら、え？　じゃお妹さんかしら、確かに申上げたんですのよ、ご免あそばせ、本当に残念だわ。あれは……、何日でしたかしら、ええっと……、そうそう醍醐から手紙の来た日でしたから……」

話が長びきそうで、却って麗子に悪かったかと文代は後悔しながら、先に応接室に戻った。

四枚の薄い便箋を、三人で分けて読んで、すでに二度目であるらしく、朋枝は真面目な顔だが、トモ子と薫はきゃアきゃア云って娯《たの》しんでいる。

「熱烈よオ、醍醐さんの手紙、田中さん読んでごらんなさい」

渡されたのは二枚目か三枚目だったらしい。きっちりとした右肩上りの文字がぎっしり詰っていた。何度も読み返され畳み直されたとみえて、薄い航空便用レターペーパーは雨の湿気にもかかわらずパリパリと音をたてる。

ハーバード大学に留学した彼は予定のコース二年を終えてから、湯元秀樹博士の招きでプリンストン大学に籍を移し、向う二年間更に研究に没頭する旨が、大そう勢いこんで述べられていた。いくら自分を吹聴するのが恋の常であるにしても、湯元博士の名が一枚の便箋の中に二回出てくるようでは底意が見えすいているような気もしたが、いくら頭がよくても学者はやはり稚気から脱け出ることはないのだとも解釈でき、祐子に対する友愛から通して見るときは、やはり微笑《ほほえ》ましい。原子物理学の研究過程が二行ほど報告のように記号入りで書いてあったが、今日の客の誰一人理解できた筈はなく、おそらく祐子も分らない話だろうに、学者の恋文とは妙なものだ。

文面は確かに熱烈であった。激しい息吹《いぶ》きが感じられ、かなりの名文であった。残念ながら文代は似たような手紙を、つい最近嫌気のさした相手から受取ったばかりであったから、男というものは恥かしくもなくこんな文句を連ねられるものかと寧ろげんなりして、全文を通して読む気は到底起らなかった。トモ子も薫も朋枝も、こんなものに読み耽《ふけ》るようでは、きっと恋文など受取った経験がないのだろうと思うと、憐《あわ》れみを覚えた。そして文代は、始めて自分が三人に対して優越感を持っていると自覚したのである。

やっと祐子が電話口から戻ってきた。さりげなく便箋を集めて、それに関する話は封じる気なのか、折り畳みながら、

「ご免あそばせね、私たしかにお伝えしてと頼んだんだけど、伝わってなかったわ。どうしましょう、武井さんに悪いわ、私。この次の時には……」

「いいわよ、済んだことだし、それに珠美ちゃんとあの人は別格ですもの」

「平林さんにも伝言だったの？」

「いいえ、お勤め先にちゃんとお電話したわ」

文代はふと、祐子は故意に二人を招かなかったのだという確信に躓《つまず》いた。何故《なぜ》そんなことを考えるのか自分でも分らなかったが、しかし友人を嘘《うそ》つきだと思うことには自分を許せなかった。この話は打切るべきだと思って云った。

「もういいじゃないの、そんなこと」

このとき未亡人が音もなく入ってきた。咄嗟《とっさ》に皆の目は今しがたの手紙に注がれたが、祐子は平然として掌《てのひら》に納めたままだ。

「加賀さんがお見えになってよ」

「あら、どうなさったのかしら」

祐子が出て行くと、未亡人はその後へ坐って、悠然と一座を微笑で舐《な》めまわした。扉が開いて、又数々の茶菓が運びこまれてきた。夕食まで食べずくめの飲みずくめになりそうである。恐縮する若い客たちに、祐子の母は如才なく、四方山話《よもやまばなし》をひきだそうとするようだった。しかし、そんな習慣にはあまり慣れない文代たちは益々困ってしまう。中で人ずれがしたと自称するトモ子だけが、やっと自分のペースを摑《つか》んだか自分から話の筋を見つけた。

「あの、お母さまはその後ずっとお元気でいらっしゃいますか？」

「はあ、おかげさまで躰の方は丈夫なんざんすよ。この二、三年は風邪《かぜ》一つひきません。娘の頃は病気がちだったんざんすけど」

　客は四人が四人、皆眉《まゆ》を曇らせてしまった。二、三年風邪もひかぬとすれば、卒業の頃に祐子が大さわぎした乳癌の手術はどうだったのか。期せずして八つの目は倉賀野未亡人の胸許《むなもと》に注がれていた。「右の乳房を除去したのです。女の生命《いのち》がかつて燃え盛った筈の乳房の片方を！」そう書いた祐子の手紙を四人が四人とも受取っていた。

「はあ？　それは、あのオ」

　正田トモ子が何か云い出そうとしたとき、祐子がドアのかげから顔を出して、手招きで母を呼んだ。四人が不審顔を見合わせて、それでも咄嗟にはその不審を言葉に出来ずにいるとき、祐子は部屋に入ってきて、

「困ったわ。私のボーイフレンドが来たの。是非お仲間に加えて頂きたいって。どうしましょうか」

「かまわないじゃないの」

　いよいよ来たのか、と期待が起っていた。それを代表してトモ子が云ったわけだ。祐子は、しばらくもじもじしていたが、

「じゃあ、ほんのちょっとだけね。でも醍醐の話は彼の前でしないで。加賀さんって醍醐のお友だちなの。私がはしたないと思われると困るから」

「大丈夫よ、安心しなさい」

加賀が現れるまで、応接間の四人は黙って待っていた。随分長いなと思い始めた頃、ドアが開いたので、四人は立上って珍客を迎えるような体勢をとってしまった。

「加賀啓一郎さん、私のとてもいいお友だち。学習院から東大へいらして、今年お出になったの」

「加賀です、よろしく」

一目で名門の御曹司《おんぞうし》としれた。美男ではなかったし、覇気《はき》に乏しい面立ちだったが、色白で華奢（きゃしゃ）な躰つきが、五人の女に取囲まれているのに決して不調和ではない。そういう貴公子と交際した経験のない文代たちは、未亡人と向きあっていたときと同様、仲々気楽にはなれなかった。一番イキのいい筈の正田トモ子の緊張ぶりは特に際立って見える。が、それを笑止に思う余裕は、他の三人にもなかった。倉賀野祐子は、端から一人一人加賀啓一郎に紹介して行ったが、その慣れた物腰は丁度《ちょうど》糸あやつりの人形遣いのようであった。朋枝という大きな人形も、薫という小ぶりの人形も祐子に指図されてぶきっちょに一礼する。

それからの時間は恐るべきものであった。文代もトモ子も朋枝も薫も、死ぬほど退屈してしまったのである。

加賀啓一郎は全身全霊おっとりとしていて、話のテムポは倉賀野祐子以外に合わせる者がなかったのである。校庭《キャンパス》の端と端に立って大声でノートの貸借問答をしていた彼女たちは、それから一年余経った今も決してお上品な話術は会得していなかった。まして最初変テコに緊張してしまったのを、今さら解きほごす器用な真似《まね》も出来ないのである。更に悪いことには肝心の祐子が一座の斡旋《あっせん》を全く放擲《ほうてき》してしまっていた。ソファに加賀と祐子二人が並んで腰かけていたが、祐子は肩を寄せるようにして加賀啓一郎の顔を見上げ、恋でも囁《ささや》くようなポーズで話しかけ、相手は又それが満更でないようにおっとり応待する——。それを四人が見物する恰好《かっこう》になっていたのだ。何がなんだか判らなくなって、だんだん客たちが不快を黝《くろず》ませてきたのは当然だろう。座を蹴立《けた》てて帰るような無礼をされているのではなく、茶菓の饗応は充分である。それに加賀も祐子も四人を無視しているわけでは決してなかった。折に話を切って客の同意を求めたりはする。ただそれがどうにも四人に乗れない波長だったのだ。最初、異性がこの部屋に入ってくるというので心に待った結果がこれでは、文代も自己嫌悪を催す以外、沈黙に耐える途《みち》はなかった。

夕食のときは座敷に移ったが、加賀は帰る気配を見せなかった。女子大時代のグループが一年ぶりで集ったのだ、男なんかの顔を出す場合ではないではないかというのが分らないのか、トモ子の顔にこんな文字が貼《は》り出されていたが、貴公子は読めなかった様子である。ちらし寿司《ずし》の中から青豌豆《あおえんどう》を一つ一つ摘《つま》み出す加賀を、おかしいと云って祐子は笑いころげたが、お交際《つきあい》で笑ったのは客の中からは薫一人だけであった。雨は豪雨と梅雨《つゆ》と一時間おきぐらいに入れ替って、変化を見せ始めていた。

「そう？　お帰りになる？」

食後間もなく正田トモ子が耐えきれなくなって云い出したとき、祐子は静かにこう答えた。そのあと引止めの社交辞令が出たけれども、もう効果はない。

「お待ちになって。お車よばせますわ」

駅までは目と鼻なのに、ハイヤーが呼ばれた。祐子も乗りこんで、加賀啓一郎はまだ残るつもりらしく玄関で皆に丁寧な別れの挨拶をした。正田トモ子は突っけんどんに、

「さよなら」

と云った。上流社会《ハイ・ソサエティ》には、「ごきげんよう」がとって代る言葉だと知った上でのことである。しかし加賀啓一郎は一向にこたえなかったのか、もう一度鄭重に頭を下げた。

「ごきげんよう、いずれ又」

動き出した車の中で、祐子が謝った。

「ご免あそばせ、悪かったわ。加賀さんがあんなに長くいるとは思わなかったの。お帰りになってとも云えないでしょう？　困ったわ、ほんとうに、私」

「不愉快な人ね、図ウ図ウしいんじゃないの、あの人？」

「ええ。それに今、困ったときなのよ。あの方と私の間」

「彼、あなたが好きなんじゃない？」

ズバリとトモ子が斬《き》りつけるように云ったが、祐子はやんわりと首をひねって、

「そうなのね。でも、どうかしら、醍醐とのこと一番よく知ってるのよ、あの方。まさかと思うんだけど。でも、そうだとしたら、お気の毒でしょう？　私、親切にして差上げるより仕様がないんだわ」

駅で電車の来るのを待つ間、四人は思い思いに、云いたいことを云うべきかどうか迷っていた。誰も彼も、ひどく不愉快で、その原因が結局は醍醐公彦という輝かしき恋人を持ちつつ、他方で加賀啓一郎という伯爵かなんぞの御曹司とも満更でない祐子の様子に、嫉妬《しっと》をまじえた羨望を抱いているからだと気がついていた。いろいろ酷い目に遭わされたように思うのだが、自分の心の片隅に嫉妬と覚しきもののひそむのを自覚すると、祐子を非難する気は殺《そ》がれるのである。自省力をもって、四人ともインテリであった。

「可笑《おか》しいと思わなかった？　祐子のお母さま、乳癌の手術をした形跡なかったじゃない？」

「あら、貴女もそう思った？」

未亡人の胸許は美しいくらい形のよかったことを誰も確かめていた。

「でもね、女が乳房を失うって少くとも誇れることじゃないでしょ。だから、手術のことは誰にも話さないことにしてあるんじゃないかしら。ことに、あんな社会の人たち

は」

朋枝が、ゆっくりゆっくり云った。彼女のアカデミズムには常々敬愛を払っていたのでトモ子も納得した様子である。祐子が恋人を持ち、彼女たちが持たぬ限りにおいて、祐子のしたことに難を見出《みいだ》すのは、愧《は》ずべき妬心と誤解され易《やす》いことを文代以下、誰も自戒していたのであった。

轟々《ごうごう》と渋谷から田園調布止りの電車が来た。折り返しに乗れば空席が多いだろう。雨は一向に止《や》む気配がない。

# 第三章　華《か》　燭《しょく》

玉置朋枝が結婚するという通知を受取ったとき、グループは例外なく先を越されたような想《おも》いに囚《とら》われて茫然《ぼうぜん》としたようである。卒業以来そろそろ四年の歳月が流れ去ろうとしていた。適齢期という妙な言葉が、彼女たちの神経にチクチクさわり始めていた。それは彼女たちの配偶に相応《ふさわ》しい年齢層の男の数が戦死で大量喪失している事実の認識と併行していた。

が、なんにしても友人の一人が華燭の典を挙げることは祝福すべきであったし、勿論《もちろん》文代たちも心から朋枝の結婚を喜んでいた。倉賀野祐子の家に集って以来もう三年になる。その間、全く疎遠になって音信も絶え絶えになりかかっていた折から、披露宴を会場として皆が久々で顔を合わせるのも、やはり楽しみだし懐しかった。

正田トモ子に電話をかけると、

——でも、ちょっと意外だったわね。七人の中で誰が最初かって話が出たとき、誰もハンガクだとは思わなかったじゃないの。

「そうね。私は祐子だとばっかり思ってた。だってあの人、醍醐さんが帰って来る早々式を挙げるんだって、何度も手紙に書いて来たのよ」

――祐子の筆まめには恐れ入るわね。私も折につけ手紙やら電話やら貰《もら》って逐一御報告いただいてるわ。

倉賀野祐子と醍醐公彦との恋愛は太平洋を隔てながら大団円に近づきかかっていた。抑々《そもそも》彼女と彼の知りあうきっかけを作った元宮様の某氏が、二人から泣きつかれて犬馬の労をとったのである。つまり倉賀野未亡人は元宮様が御直々《おんじきじき》に月下氷人たらんと倉賀野家を訪れて以来、すっかり醍醐公彦に対する認識をあらためたというのである。一体何が未亡人をして二人の恋を妨げせしめていたのか、よく理解できていなかった文代は、この解決ぶりも理由がよく呑《の》み込めなかったのだが、祐子の持って廻《まわ》った文章から結論だけ抽出した場合、これもお芽出たい話には違いなく、友情としてやはり喜ぶべきことだと思っていた。

――祐子ってばね、私は愕《おどろ》いたことがあるのよ。田中さん、貴女《あなた》はJ書店のミステリー叢書《そうしょ》読んでる?

「滅多に。どうしたの?」

――大変よ、私ついこの間発見したんだけど、倉賀野祐子訳っていうのが、もう二冊も出てるのよ。

「まあ、祐子さんが翻訳を？」

名家の令嬢でお稽古事《けいこごと》で日を送っているとばかり思っていた倉賀野祐子がアメリカ探偵小説の翻訳を始めている。正田トモ子ならずとも唖然《あぜん》とさせられる出来ごとだが、同じ出版界にいて消息に詳しいトモ子の注解によれば、一冊の翻訳料は莫大《ばくだい》なものであったし、丁度《ちょうど》ミステリー大当りで有卦《うけ》に入《い》っているJ書店の稿料は相当水準よりいい筈《はず》だということであった。

――うかうかしてると祐子の方が我々より収入だって多いのよ。

「まあ、そう、そうなの？」

倉賀野祐子の社交性には文代もかねて敬服するところであったが、J書店と如何《いか》ようにしてコネをつけたものかと、これには全く舌を巻いてしまった。トモ子の洩《も》らした金額は、高校教師の文代には嵩《かさ》の想像もつかぬ高額で、羨《うらや》ましくなるには驚愕《きょうがく》の冷めるのを待たねばならぬほどであった。語学の力については、祐子は女子大時代は中の下ぐらいで、グループの中で特に傑出していたわけではなかったから、これは偏《ひと》えに彼女の社交で得た仕事《ジョブ》に違いないと思われた。あのねっとりした口調の陰に実は生活力が隠れていたのかと、今更のように文代は思い知った。

ところで、朋枝の通知があった翌《あく》る日、早速また祐子から封書が舞込んでいた。

玉置さんの御結婚は、本当にお友だちとして嬉《うれ》しゅうございますわね。楽しい門出を、心からお祝いしたく、その心ばかりで何かお贈りしようと考えております。

さて私も醍醐が帰国する日も決りましたので何かと多忙になりました。十月二十四日に羽田へ到着いたします。二十七日の玉置さんの御結婚には必ず二人で出席して、二人の心を揃《そろ》えて祝福させて頂こうと考えております。早速、醍醐にもそのことを申し送りました。帰国挨拶《あいさつ》で多忙なスケデュールの中に、二十七日午後二時～四時の時間は必ずあけておくように、こう書きましたの。私の云《い》ったことで彼がきかなかったことは、かつてございませんでしたから、皆様にも実物をお目にかけることになるのは間違いないと存じます。

どうぞね、それをお娯《たの》しみになさって下さいませ。

前後にじゃらじゃらと時候の挨拶やら御機嫌うかがいの文章が例によって連ねてあったが、要点は右の通りである。文代は当日の新郎に対するより、祐子の許婚者《いいなずけ》、醍醐公彦との初見参の方がずっと興味が湧《わ》いた。祐子が云うより案外みすぼらしい男なのではないだろうか。そんな風にも、また当日の花婿《はなむこ》より醍醐の君の方が遥《はる》かに女客の目を惹《ひ》く結果になっては朋枝に気の毒だと、そんな老婆心《ろうばしん》が働いたりもした。

朋枝の結婚祝いに、グループで纏《まと》めて大きなものを贈ろうと正田トモ子が中心になって早速糾合したが、肝心の朋枝たちの結婚がどんな形のものかまだ分らぬところから、結婚してから不備に気づいたものを訊《き》いて贈ろうという、大変気の利いたような結論が出てしまった。倉賀野祐子だけは、「私、醍醐と相談してアメリカ土産《みやげ》の中からお贈りする。だって彼は家庭用品を買込んで帰って来る筈ですもの」とトモ子に云ったそうだ。それはその方が朋枝も喜ぶに違いなかろうと、文代も賛成はしたが、妙な気持だった。羨望《せんぼう》とか嫉妬《しっと》とか、そんな気持が起る筈はないのにと思いながら、自分の年齢をつい省みてしまうのである。まだまだ老嬢と呼ばれるには間がある。こう思って吐く息は、しかし吐息には違いない。卒業以来、二回目にふと心を動かした相手も、つい最近さりげなく通りすがりの人を見る目で離れたばかりである。祐子のような恋をしつつ遂《つい》に今日まで実現をみない。

十月二十七日は黄道吉日《こうどうきちにち》であったらしく、東京大神宮は大盛況を呈していた。かつら貸衣裳《かしいしょう》の花嫁御が、化粧部屋からぞろぞろと式場へ送り出される。玉置朋枝も、その一人になるのだろう。白粉《おしろい》も口紅も人まかせで化粧した顔に、生れて始めてかつらを冠《かぶ》れば、R女子大を出たインテリも、ミー野ハー子同様、大振袖《おおふりそで》の衿《えり》の抜きようも金襴緞子《きんらんどんす》の帯の締め工合も変るところはない筈だ。

五尺四寸十八貫を嫁御寮《よめごりょう》とする相手は、定めて木曾義仲《きそよしなか》的荒武者であろうかと文代も

正田トモ子も、大いに期待して話しあったが、倉賀野祐子が仔細《しさい》らしく口を挟んで、

「いいえ、とても可愛い感じの方よ。そしてねえ、玉置さんより一つ年下なの」

と云った。

雑誌編集者の正田トモ子は他社に特ダネをスクープされたような生酸っぱい顔をして、身を乗り出して訊く。

「どうして知ってるの？」

瞬間、祐子の紹介したボーイフレンドだろうかと、薫たちも考えたようだ。

「私ね、玉置さんから何度もこのことで御相談受けたの。恋愛について、私のことすっかり先輩扱いなさるのよ。でも、私は石室さんとお話してみて申し分ない方だと思ったから、お勧めしたわ。お年のことと、背の高さにひどくこだわってらしたのよ、最初は」

朋枝が恋愛結婚だということも意外だった。朋枝の従兄《いとこ》の高校時代の友人で、知りあって一年余、恋愛から結婚へ、明朗で健康なコースだったらしい。新郎は千葉医科大学インターンのコースを今春了《お》えたばかりの学究であるという。聞き手はしかし祐子の話しぶりにちらちらする優越感が心に辛《つら》かった。五人を差置いて倉賀野祐子一人が相談を受け、祐子だけが内情に詳しいということは、他の五人が恋愛について結婚について、共に語る資格なしと朋枝が看做《みな》したことになるのではないか。——しかし、そんな不満

や不快は抑制せねばならなかった。確かに考えてみれば文代以下、正田トモ子、瀬見薫、珠美も麗子も確《しっか》とした結婚の目途《めど》は立てかねているに違いないのだったから。

ところで祐子の許婚者、醍醐公彦は現れていなかった。帰国の日程が遅れて、十一月一日に延びたというのである。

「今度は間違いないのよ。パンアメリカンの航空ナンバーも分っているんですもの。明日明後日《あさって》のうちには時間もはっきりするわ」

「迎えに行く？」

「勿論よ」

「私たちも行こうかな。羽田って実はまだ行ったことがないんだ」

「あら、いらして下さる？　本当にいらして下さる？　じゃ、時間を必ず分り次第にお報《し》らせするわ。きっと来て下さるわね。帰りは御一緒できないけど、行きは私のハイヤーに乗って頂くわ。それなら、新橋あたりで待ち合わせて頂いて……」

祐子が異常な熱心さでこう云い出すと、催眠術にかかったように、皆が皆出かけることになってしまった。トモ子のお先走りには何時《いつ》も迷惑する、そう思いながら文代もその日がF女子学院の文化祭であることをつい忘れて、行くと云ってしまっていた。大いに景気よく繰出そうと、皆口々に燥《はしや》いでみたが、心の底は妙に冷え冷えとしている。腕時計を見ると、挙式時間は十五分も遅れていた。

朋枝の花嫁姿は、意外に瑞々《みずみず》しかった。塗れば塗っただけの効果は上り、馬子《まご》も衣裳次第かと冗談でなく文代は考えてしまったくらいである。六人一処《ひとところ》に固まっていたが、衒《てら》いっ気なしに顔を見合わせて、

「綺麗《きれい》じゃないの、ハンガクも仲々」

「仲々どころじゃないわ。立派なものだわ、本当に」

ふだんが身なりに構わなかっただけに、この日の朋枝の変貌《へんぼう》ぶりは鮮やかとも思える程であった。尤《もっと》も考えてみれば、朋枝は肥《ふと》りすぎてはいたけれども色は黒い方ではなかったし、顔だちも十人並で、とりたてて難らしい難はなかったのかもしれない。角かくしをかけた文金高島田の立姿は、丁度歌舞伎《かぶき》の女形《おやま》を身近く見るように堂々としていた。

「あれが卒論を洗濯挟みで綴《と》じた人とは誰も思わないでしょうね」

平林珠美が芯《しん》から可笑《おか》しそうに云って、明るい微笑をグループに波紋のように拡《ひろ》げた。文代も、始めて素直に友の門出を祝う気になれた。結婚式に華やかに粧《よそお》うことは、やはりいいことだと思った。

最大の関心を集めた花婿、石室誠二は、祐子が云ったような可愛い顔とは思えなかったけれども、正直そうで好感の持てる青年であった。新進医学者、次男で扶養家族なしと聞けば、これは良縁に間違いない。堅実で賢い家庭を二人で築くために必要な健康も良識も備わっている。

朋枝は幸福になるに違いない。朋枝が三年前に祐子の家でプラトンの「饗宴《きようえん》」などについて目を鎮めて語った雨の日のことを文代は思い出していた。多分朋枝は、学生時代学問に対して常に真摯《しんし》であったように、愛に対しても謙譲であったのだろう。

「石室さんって背の低い人ってわけじゃないんじゃない？　ハンガクと丁度同じぐらいなのよ本当は。高島田の分だけ、彼女が高かったのね」

「でも女って損ね、同じ五尺四寸でも女の方が男よりずっと大柄に見えるもの。だけど石室さんも恰幅《かつぷく》がいいから、お似合よ、あの二人は」

結局、ケチのつけようはない釣合いのとれた一組の夫婦が、今日生れたのだと誰もが認めていた。もっと未婚の悲しい焦りが自分の中から汗のように沁《し》み出て来るかと、文代が秘《ひそ》かにおそれていたのは杞憂《きゆう》だった。良い結婚式だったと真実思い、朋枝たちの幸福を真実心から希《ねが》っていた。いい気持であった。

「ハンガクって案外いい奥さんになっちゃうのよ。卒論を洗濯挟みで挟んだのだって、考えてみれば台所用品を使ったわけだもの。彼女の本性は家庭的《ドメスティック》なのよ、きっと」

トモ子がそんなことを云い出して皆を笑わせた。簡単な立礼の宴会《パーティ》で、新郎新婦はさっさと平服に着替えると、東京駅へ車で出発してしまっていた。つまり披露宴はひどく手軽く短時間で終了していたのだった。文代は都会生活の近代化合理化を如実《によじつ》に見た思いで、田舎育《いなかそだ》ちの自分の感覚を反省しながら、朋枝たちの手際のよさに感服していたが、思いは同じだったのか、トモ子も薫も結婚式次第がもう終ったのだということを仲々納得できなかった様子で、門を出てからも東京大神宮を何度も何度も振返って見ていた。

「昔式にやったら、破産ものよ、きっと。でも今日のようで結構すんでしまうんだから、結婚って考えるほど大事じゃなくなっているんだわ」

「戸籍法が変っているものね、第一。家と家との婚姻じゃなくって、夫婦で一つの単位になるわけだから、結婚式もそれに則《のつと》って簡便にならなきゃ」

「祝辞って云うのかしら、演説《スピーチ》も長ったらしいの一つもなかったじゃない？　あれなかなか良かったわね」

薫が、ひどく熱心に、

「新婚旅行は何処《どこ》に行ったのかしら」

と云い出して、正田トモ子にぴしゃりと叩《たた》かれた。

「そんなこと詮索《せんさく》するんじゃないの」

すると倉賀野祐子が、ねっとりと口を出した。

「箱根のMホテルよ、そのあと富士五湖を廻って帰ってらっしゃるわ。石室さんのお仕事の都合で長い休暇がおとりになれなかったの。Mホテルは私の母が御紹介したのよ」

まるで今日の一組については何もかも知悉《ちしつ》している様子である。

飯田橋《いいだばし》の駅までは、だらだらと歩いてしまったが、駅の入口に来て、さてどうしたものかと又考える羽目になった。ようやく夕刻になりかかっていたが、もっと時間がかかるものと思って出てきていたのだから、皆なんとなく身を持て余している。

「久しぶりで顔が揃ったんだから、晩御飯を一緒に食べない？」

トモ子が云い出せば、反対が出る空気ではなかった。

「銀座？　それとも神田に出る？」

平林珠美が訊きながら片手を上げてタクシーを止めて、文代たちを驚かした。文代のような安月給で地味に暮している人間には、ちょっと出来ない芸当なのである。薫も家にすっこんで常に手許《てもと》不如意をかこっていた折から、止ったタクシーに目を瞠《みは》っている。

「六人よ、無理すれば乗れるでしょう、みんな痩《や》せてんだもの」

正田トモ子が日頃の鍛錬か強引に全部を乗りこませてしまった。行き先は車が動きだしてから銀座ときまった。

車の中で、

「あの人たち共稼ぎかしら」

「じゃなきゃ、なかなかやって行けないでしょうね」

「挨拶状では新居は千葉県だったじゃないの。巴《ともえ》ハンガク閑居の図か。でも家賃払って生活費出すのって大変だわ。結婚もいいけど、食べてかなきゃならないんだから、恋愛から結婚に移行するのってどうも興醒《きょうざ》めな話ね」

助手席に並んだトモ子と薫が、後の文代を交えて大声で話しあうと、一番奥に坐《すわ》っていた倉賀野祐子が、また口を挟んだ。

「玉置さんはお家で校正の仕事をなさるんですって。前の出版社から急がないものを送ってもらう手は打ったのね。だから共稼ぎじゃなくって、内職のような形になるんでしょう」

するとトモ子が機会を得たように、

「それで思い出したけど祐子、貴女近頃すごく景気がいいんでしょ？」

「あら、どうしてかしら」

「J社のミステリー、訳してるじゃない」

平林珠美が、

「そうそう、私も読んだわ。〈青草の中の赤い花〉って云うのと、〈聖ベネディクト街殺人事件〉でしょ。二冊とも買って読んだわ。私、愛読者よ。奢《おご》って頂こうかしら」

と朗らかに調子をあわせた。

「ああ、あのこと？」

祐子は他人事《ひとごと》のように、

「あれは私の名前だけよ。名前を貸したげたの」

「へええ、貸せるほどの名前なら大したものよ、祐子」

トモ子が揶揄《やゆ》したが、祐子は気に障った様子はなく、きゅっきゅっと喉《のど》の奥で笑った。

「それがね、傑作なの。加賀さんって覚えてらっしゃる？　何時か私の家にお集り頂いたとき仲々帰らなくて困ったボーイフレンドがいたでしょう？　あの人が、ね」

斜陽華族だから、大層窮迫していて、卒業後父君がかつて重役であったK産業に入社はしたが、加賀家の威勢も地に墜《お》ちた今は、並一通りの社員としてしか扱われていない。従って月給が他より多い筈はなく、父祖代々の趣味人的性格を受継いでスポーツ、旅行、カメラ道楽等に精力のはけ口を持つ彼は、衣食住は親がかりでも遊ぶ方面の金の才覚は自分でつけねばならなくなった。彼の学友がJ書店に入ったことから、幼時を英国で送った肩書きを楯《たて》にミステリー叢書の翻訳を始めた——こういうわけだった。ただし、加賀啓一郎という名前では両親の目にもつきやすく、勤め先の手前も税金対策にも芳しくないので、思いついて倉賀野祐子の名を借りに来たのだという。

「よく、お母さまがお許しになったわね」

平林珠美が皮肉のように云った。

「私、初めは冗談だと思っていたんですもの。ええ、いいわ、なんて笑っていたら本が出てしまったの。仕方がないわ」

にこにこと笑っている。

「名義料は貰った？」

と正田トモ子。

「あら、お金は頂かないわよ。でもねえ、その代りかどうかしら、加賀さんがしょっ中、御食事《おしょくじ》やパーティ誘って下さるの。私の名前を使った目的は、どうもそこいらにあったような気もするのよ。だってペンネームを使えば済むことなんですものね」

一同げんなりとなって、銀座並木通りの中華料理店の二階で卓を囲むまで、もう殆《ほとん》ど話はなかった。祐子は入るなり店先の電話を借りて、幾つも幾つも長い電話をかけている。待っているのは馬鹿馬鹿しいので正田トモ子が率先して料理の注文を出した。

「割カンよ、銘々で欲しいものを食べましょう。私は炒飯《チャーハン》にする」

自棄《やけ》のような云い方をした。ウエイトレスが五人の注文を控えて引退《ひきさが》ったところへ、倉賀野祐子は戻って来た。

「ご免あそばせ。アメリカから電報が来たらしいの。母がいなくて、女中は英語が読めないでしょう？　醍醐からに違いないのよ。気になるから、お先に失礼させて頂くわ」

そう云ってから坐りこんで、心配そうに胸を抱いて俯向《うつむ》いてしまった。

「到着時間を知らせてきたんじゃない？」

「それにしては早すぎるわ」

「じゃ日も変ったのかな」

「何かあったんじゃないかしら……」

先刻、加賀啓一郎のミステリーの一件で、不快になっていた連中は忽ち《たちま》人のよさを盛り返して、肩を落している祐子に同情を始めていた。

「大丈夫よ。今が今飛んで帰ったって、どうってことないでしょ。御飯食べてから帰りなさいよ」

「ええ、でも、やっぱり失礼するわ」

立上りかけて、瀬見薫に云った。

「私ねえ、今日は貴女にお話したいことがあったのよ。お帰りがけに御一緒してと思っていたんだけど」

「何かしら？」

「ここで申上げてもいい？　私のお友だちなんだけど、貴女に御紹介したい方があるの」

山崎滋之というのだと、まず事務のように祐子は話し出したが、つまり縁談に他ならなかった。銀行関係の顔役である山崎某氏の長男で、京大出身、卒業後三年洋行しているから年齢は三十すぎ。配偶には若すぎない人がいいと云い、醍醐公彦とはかねて交友のあったところをアメリカで再会して、では祐子の友人から選ぼうと話しあったというのである。

「御家柄の坊っちゃんだから考え方が少しお古いのよ。職業婦人は嫌だとおっしゃるの。

何処かカサカサしているからって……。R女子大学の卒業生なら申し分ないが、家の中でつつましく暮しているお嬢さんを、っていう条件なのよ。だから貴女ならピッタリだと思って、すぐお話してしまったのだけど……。お考えになってみて……?」

「ええ、でも私……」

「京大出身じゃ、おいや?」

「そんなことないんだけど……でもありがとう、母と相談してみるわ」

「じゃ、どうぞね。貴女がカトリックということもお話したの。そしたら女の人に最も相応《ふさわ》しい信仰だと云ってらしてよ。とてもいい方なの。私は本当にお勧めするわ。詳しいことはいずれ又……」

倉賀野祐子の姿が消えると同時に注文した料理が運ばれて来たが、妙な工合だった。瀬見薫は、澄ました顔をして箸《はし》を取上げたが、心ここにない様子は手にとるようである。四人の職業婦人たちは、この唯一人の花嫁候補適格者を見るともなく注目して、心の底で苦笑しながら、やりきれなかった。文代やトモ子は内心で、祐子の話の不確実性を危惧《きぐ》していたが、それを口に出すのは今落第を宣告された身では気がひける。何の話をしても焼きそばのように、ぼそりぼそり途絶えがちで、五人の食慾《しょくよく》はさっぱり旺《さか》んにならなかった。

「ご免なさい、おそくなると母が心配するのよ」と瀬見薫はすぐ腰を浮かして、早々に帰ってしまった。

味の浅い中国茶《ちゃ》を啜《すす》りながら、ようやく四人は苦笑を頰《ほお》に解放して顔を見合わせる。

「職業婦人か……」

正田トモ子が鼻をくしゃくしゃとしかめて笑い出した。全く、女が働くことが珍しくない時代が来ているのだと信じていた身には、奇異に聞える言葉だった。

「うかうかしてると売れ残るわよ、私たち」

この冗談を、真実冗談にしてしまうためには、四人が声を揃えて気楽な笑い声をたてる必要があった。

「珈琲《コーヒー》にしない？　この先に美味《おい》しいお店があるの」

平林珠美が案内したのはいかにも銀座裏らしい瀟洒《しようしや》な構えの、音楽がヴェールをかぶって聞える落着いた珈琲店で、あまりそういう方面を知らぬ文代は、珠美や麗子の銀座人種らしい立居振舞いにも同時に気がついて、畏怖《いふ》を覚えた。畏怖――他でもない、学生時代から美しかった二人に、いよいよ磨きがかかっているのを認めることは、最前正田トモ子が迂闊《うかつ》に口にした「売れ残り」の順について、文代に絶望的な劣等感《コムプレックス》を持たせるのである。珠美や麗子はひょっとすると美貌に驕《おご》って理想が高いのではなかろうか
――。

「私ねえ、さっきハンガクの花嫁姿を見ていてね、連想して困ってたことがあるのよ」

正田トモ子が話し出した。祐子の今日の言動は実は大層深い矢を誰もの胸に射込んでいたのだったが、それに気づけばそれに話をむけない努力をすべきで、それには今日の本題である朋枝の結婚から離れぬ問題を提供すべきだと、正田トモ子は座談会をリードする編集者の勘で考えついたのかもしれない。

「楠本さん、覚えていない？　国文科にいた人で……、目の細い色の白い、ほら」

誰も仲々思い出さなかった。

「妙なときに会ったのよ、偶然。私は直《す》ぐに思い出したわ、卒業のちょっと前に地下食堂《キャフテリヤ》でストーヴを囲んで話したときのこと覚えてない？　人間の四肢五体のうちで、どこが一番敏感かって話をしてたとき、〈アシノウラ〉だって、頓狂《とんきょう》なこと云った人がいたじゃない？」

「ああ、あのひと？」

文代だけが思い出した。

秋口、まだ合コートを羽織るには早い季節、正田トモ子は執筆者の家を訊《たず》ねた帰途、一人で渋谷道玄坂を夕刻の人波に和してだらだらと歩いていた。そのとき、とある写真屋から、つい出て来た女が、彼女を見かけて、いきなり声をかけた。「正田さんでしよ？　私、楠本みよか。覚えてらっしゃる、あらそれは光栄、お忙しくなかったら、どっかでお話しましょうよ」

R女子大学は学生数の少い小ぢんまりした大学だったから、同じ学年なら顔は見知っていたけれども、正田トモ子は英文科、楠本みよかは国文科と専攻が違えば親しく話しあう機会はあまりなかったのであったが、色白で下脹《しもぶく》れた輪郭に近眼なのかうっとりした目をしているのがガサツな学生の多い中で楠本みよかの存在を特徴だてて見せていた。だからトモ子は直ぐに、「まあ、しばらくね、お元気？」と挨拶は返せたのだが、さて彼女についてトモ子の持つ記憶と知識といっては、「アシノウラ、よ」だけしかなかったのだ。

しかし旧知に思いがけず邂逅《かいこう》したときの懐しさは不可思議な吸引力を持つものである。調子のいい言葉が口をついて出て、二人は肩を並べて歩き出してしまっていた。が正田トモ子は歩きながら、学生時代の楠本みよかと現在肩を並べている彼女との外貌の変化にすっかり度胆《どぎも》を抜かれていた。いいとこのお嬢さんのようなおっとりとした感じは何処かへ消えてしまっている。残っているのは下脹れの輪郭と色白な肌とだけ。目は相変らずの近眼だろうが少々溶けすぎていた。しかし何よりトモ子を愕かせたのは、みよかの和服姿だった。それも黄八丈《きはちじよう》に黒の裾廻《すそまわ》しをつけたイキスガタで、種々雑多な風俗が行き交う渋谷の街路でも人目を惹くに充分な、繻子裏《しゆすうら》の昼夜帯《ちゆうやおび》を締めていた。御丁寧に駒下駄《こまげた》である。嬉しがって玄人を真似《まね》る素人の悪趣味ともつかぬ妙に落着きのない恰好だった。

「お酒飲まない？」とはトモ子からの誘い言葉だったが、肯《うなず》いたみよかが先に立って案内したのはごみごみ小店の並んだ裏通りの路地を入り込んだ小料理屋だった。「このお店、なんでもあるの、洋酒でも。私は日本酒の方がいいんだけど」

天井の低い四畳半に向い合った二人は、しばらく微笑の奥に好奇心を隠して黙っていた。薄い座蒲団《ざぶとん》に正座したみよかは、しきりと褄下《つました》を揃えている。トモ子は平凡なスーツを着て、タイトスカートに窮屈な思いで横坐りしていた。互いに二十五歳を過ぎようとして、いわゆる適齢期としては薹《とう》が立ちかけている。既往、真理探究をモットーとする大学で、同じ窓に学んだ二人とは見えぬ対照的な図であった。しかし服装は人柄より多く職業を物語るかもしれない。正田トモ子はS出版社に勤務すること四年半、天晴《あっぱ》れ女流ジャーナリストを気取っていた。酒をたしなむのも、その一芸である。

それならば楠本みよかは一体何だろうか。トモ子には最初からの気がかりである。黒の八掛《はっかけ》といい、軽々しい言葉つきといい、校庭《キャンパス》をノートと首っ引で歩いていた頃の面影は、何処にもまるで見えないのである。トモ子は何度も訊こうとして、訊きそびれていた。訊いては悪かろうと遠慮する前に、結婚したかどうかの推察で、ピンとくるものがあったからである。どう見てもみよかは某氏夫人という姿ではなかったし、それに結婚を最初の話題にするのはトモ子も避けたかった。久しぶりで会った途端から売れ残りの共鳴をするのは悲しすぎる。

みよかの方は無邪気なもので、まるきり中身のないことをばあばあと一人で喋《しやべ》っていた。話題は一向に共通した噂《うわさばなし》話を持たぬところから映画の話に移っていたが、それまで話の合わないのに辟易《へきえき》していたトモ子も、漸《ようや》く気楽になり始めた。ヒッチコックは素晴らしい技術者だ、テクニカラーはロシヤのは重々しくって、などとまず他愛《たわい》のないものであったが、酔いがなかなか廻らないのは、トモ子もやがて気付いたが、みよかの方でも、互いの近況を話すべきかどうか、迷っていたためであるらしい。

それでも大皿に盛った小魚のフライが、箸の先で小突き崩される頃には、二人は相当酔ってきていた。映画編集論、演出論は宙に浮いて、やれヘップバーンは痩せすぎてるの、ジャン・マレエを本当に色男だと思うか、分らない、などと、口が随分だらしなくなってきていた。するうちに、楠本みよかがふらふらと立上って、「ごめんなさいね、私酔うと蹠《あしのうら》が痒《かゆ》くなるの」と云いざま尻《しり》をデーンとついて両足を抱えた恰好になり、片方の足袋《たび》をコハゼをとるのももどかしく脱いでしまった。呆気《あっけ》にとられているトモ子を頓着する余裕もないのか、爪《つめ》を立てるとボリボリ蹠を掻《か》き始めるのだ。満身、力をこめて掻くのか、耳までまっ赤に染めて、息遣いも荒い。滑稽《こっけい》といえば、これより滑稽な図はないのだが、みよかが真剣なので、トモ子は笑うことも出来なかった。

折から隣室に酔客が数人入ったらしく、猥雑《わいざつ》な話声が襖《ふすま》一重通して手にとるように聞えてきた。トモ子の耳でも辟易する淫《みだ》らがましさで、まだ正気だった彼女は何か喋って気を紛らすよりなく、「そうだわ、貴女ってアシノウラが一番敏感なのだったわね」と話しかけた。

楠本みよかは夢中で掻いていた手を、はっと止めて顔を上げた。「あら、正田さん知ってるの？」「ウン、学生の頃、貴女の口からきいたわ」「ああ、そんなこともあったかしら」みよかは手を伸して膳《ぜん》の上の徳利を一本とると、いきなり口をつけて喇叭《らっぱ》飲みの不行儀になった。これは相当酔っているなと気付いたトモ子は後悔し始めていた。酒量の分らぬ相手と飲むのは時に災難に遭う。この人に此処《ここ》でつぶれられたらどうしようと急に不安になった。「大丈夫なの、楠本さん？」「御心配御無用」声もすでに大変な心もとなさである。「そろそろ切上げましょうか」「御冗談、これからですよ」悠々ともう片方の足袋も脱いだ。鼻唄《はなうた》で流行のスイングを繰返し繰返ししているのに、つられてトモ子も和してみたが、一小節と従えずに悲しくなった。尠《すく》なくとも私たちは卒業の際にインテリ女性という看板を貰った筈ではなかったか――。

また運ばれてきた銚子《ちょうし》を、楠本みよかは茶碗《ちゃわん》に空けて、派手なあおり方になった。飲みつつ、右手は蹠をボリボリと掻く。トモ子は目がチカチカしてきた。酔いが此方《こちら》には不快に突き上げてきて、思っていることがゴボっと外に出た。「行儀が悪すぎるわ、楠本さん。いい加減にしてよ、お酒がまずくなるわよ。なんです、だらしのない」

みよかは手を止めて俯向いてしまった。全身を硬直させて息もしない。云いすぎたとトモ子が後悔し始めたとき、屹《きっ》と顔をあげてトモ子を見上げたみよかは、それまで堰《せ》きとめていた話を、わっと始めた。両眼から大粒の涙が後から後から転げ出て、やがて河の流れのように頰を伝った。「だらしがないでしょ？　だらしがないでしょ？　だらしがないのよ、私は。何故《なぜ》だと貴女は思う？　云うわね正田さん、始めっから話すつもりだったわ」泣き上戸だったたか、これはえらいことになったとトモ子は途方に暮れながら、みよかのまるで童女が母親に訴えるときのような手放しで稚《おさな》い顔を見詰めていた。

「あたしは芸者の子なの、驚いた？」「ううん、驚かない」「そうね、正田さんはそんなことで相手を軽蔑《けいべつ》しない人だね、だから頼もしいよ」すっかり言葉もばらがきになった。「あたしの母さんは芸者なの。どうせ渋谷だから新橋あたりの名どころとは違うけど、割に格のある方だし旦那《だんな》運にも恵まれていた。私は一番目の旦那の子よ。水揚げ以来母にとって何人目の男なのか、それは判《わか》らない。どう？　実母の不行跡を冷酷に客観する娘って貴女のとこの雑誌なんかじゃ見出しをつけるんじゃない？　だけど待ってね、それは貴女たち素人さんたちの考え方、芸者の世界で旦那をとるっていうのは恥どころか栄誉なんだから――。で、私は栄《は》えある南方商事社長令嬢ともなれる血筋ってわけ。だけど、そんなことはどうだっていい、私は今は富久《ふく》の家の娘なんですからね」

三度目の旦那の二号になったとき、また女の子が生れた。みよかの妹である。彼女の言葉を借りれば「これがなんと母親似の瓜実顔《うりざねがお》、お多福の私とは対照的だったのよ。別嬪《べっぴん》さんは将来が輝くばかりでありました。反対に姉さんはオヘチャと決定され、堅気さんにするより途《みち》はないという親心から女学校へ進んだわけだわ」南方商事社長は快くみよかの月謝は貢いでいた。手を切った後、子供を引取らぬまでも責任は果すという立派な旦那道である。「つまり、あたしの母さんは旦那運がいいのよ。ね」

先刻までの酔態とうってかわって、ちゃぶ台に両肘《りょうひじ》を載せてトモ子の真正面に坐っているみよかは、目も口もしゃっきりと、毅然《きぜん》なくらいの顔つきをしていた。今度はトモ子の方が怪しくなって、手持無沙汰《てもちぶさた》から盃《はい》を重ねていたが、歪《ゆが》んだ苦笑が生理的に起ってきたのでまぜっ返した。「もう痒くないの？　アシノウラ」にこりともせずに、みよかは「序の口でだけ痒くなるの。もう大丈夫」「じゃ、お酌しましょう」「飲まない」

随分行き当りばったりな話のようだが、楠本みよかは何故かこの時とばかりに自分の生い立ちを喋りまくりたいらしかった。これは一種の決算かもしれない。誰彼の相手をかまわず、それも自分の生活に無関係な人に殊更、洗いざらい秘密をブチまけてしまいたくなるときが、苦しみが強ければ強いほど激しくあるものなのだ。

「三味線《しゃみせん》の筋は悪く、踊りの才能はゼロときて、私は学問するより仕様がなかったのよ」運悪く、小学校は抜群の成績だった。女学校もなかなかよく出来た。で、やることがないので大学に進んだ。口だけは女性の意識の向上を目指すのだなどと一応の口はきいたが、当時は花柳界も非常時で芸者の修業もそっちのけの時代だったから、誰もわやわや妨げる者はなかった。母親は根っからの芸者で学問の意味などさっぱり解さず、

「だから私は自由だったわ。母さんの旦那は軍需会社の重役だったから、私は物質的にも凄《すご》く恵まれた学生時代を送ったわ」

学生時代の回想が、この調子で続けられてはかなわないから、トモ子は口を挟んだ。

「卒業してからどうしてたの?」すると、みよかは又ぼろぼろと泣き始めて、まだ酔いは醒めきってない様子だ。

「長唄も踊りも手を染めなかったのに、私はやっぱり芸者の子なんだと思い知ったわ、卒業と同時に——」卒業と同時に、戦後の花柳界のめざましい復興で思い知らされた——。みよかは急に調子を落して、こんな言葉を挟んだ。

「今の若い人たちは学生時代に男女の交際に馴《な》れて恋人の一人や二人ちょろっと作ってしまうようだけど、私たちの青春前期は戦争のおかげでそれどこじゃなかったわね? 正田さん貴女だってそうでしょう? おまけに今や私たちに釣合う年齢の男たちは大方戦死しちゃっててサ、女は、まるで余ってるのよ」

今度はトモ子が飲む番だ。女が余っているという言葉は、ザクリと猛々《たけだけ》しい。避けた

い話題に何時の間にか二人が二人とも抜きさしならぬ嵌《は》まり方をしていた。「余ってる、余ってる。貴女も私も余剰だわね」

「荒れないでよ正田さん、荒れるのは私一人で沢山よ」何時の間にか云うことの主客が転倒していて、楠本みよかの独壇場が蜿蜒《えんえん》とまだ続く。「妹は芳紀十九歳となるに及んで滅茶滅茶《めちゃめちゃ》に稼ぎ出したんです。昔なら凄腕も顰蹙《ひんしゅく》を買ったでしょうけどね、世を挙げて戦後派大歓迎の時代じゃないの、今ではこの辺りの売れっ妓《こ》ナムバーワンは彼女なのよ。ねえ、妬《ねた》みようもない美人なのよ。誰も私たちを実の姉妹とは思わないくらい」

慰める気ではなかったのだが、トモ子はつい「でも楠本さん、貴女だって決して不美人じゃないと思うわ。失礼だけど、むしろ男好きのする方じゃないかしら」「まあ待って。素人さんの貴女には分りっこない世界の話なんだから」楠本みよかは、鼻が低いばかりに幼時すでに花柳界から見捨てられた。おかめでも色街で無理にも磨かれれば、いくらか見られたものになるところを、彼女はその世界で頑《かたく》なにも辞書古文書と取組んで育ってしまった。妹との懸隔は容貌ばかりではなかったのだ——。

急に天井が掩《おお》いかぶさって、トモ子は意識が朦朧《もうろう》としてきた。夜は、すっかりおそい。みよかは喋り続けている。どうなることかと思うことも擲《な》げて、トモ子は自分の酔いっぷりに自分で呆《あき》れていた。勘定を忘れて、よくも飲んだものだ。深酒の後味がもたれぬようにも祈りながら、また眼前の「女」を凝視して、みよかの第一印象が薄れてきているのを感じていた。自堕落を装っているが、この人は処女に違いない──。しかし爽《さわ》やかな薫《かお》りを持たぬ処女ではある。私もその同類になりそうだ、と、トモ子は味気なく目を瞑《つむ》った。

「職業婦人なんて言葉がいかにも目新しいみたいにひと頃流行《はや》ったらしいじゃないの？ところが花柳界には女が稼いだという伝統があるのよ。ちゃんとギルドまで出来ててサ。私の母は今じゃ置屋の女将《おかみ》だけど、まだ現役でお座敷にも出ている。抱えの妓は住み込み三人に通いが四人、それに看板の妹。上は母さんから下は台所の女中まで、女ばかりの世界で、どの女もどの女も働いている。さあ、その家の中に堅気の奥さんになる口が転がり込む筈はない。それなら私は何の役だと思う？　我が家には場がないのよ、私のいる場所が。女中の手伝いと電話の応待、仕事としたらそれだけなのよ。お茶屋さんからかかって来る電話を受けて、妹や他の芸者たちのお座敷のお約束をウケタマワル。そんなことに女子大出が何時まで耐えられると思う？　毎日、毎日、死にたいほど苛々《いらいら》してたわ」急に黙りこんだ。トモ子が見ると、みよかはちゃぶ台の上に流れた酒の筋を射るように凝視していた。殺気とも云えそうなものが感じられた。何か間の抜けたことを云わねばならなかった。「貴女も働けばいいのに、そんなことしてないで」みよかは目を上げて力強く肯くと、思いがけないことを云い出した。「そうなの。その気になったわ、やっと。私のこのなりを見て頂だいな。一昨日《おととい》から堅気さんを返上したのよ」

「え？」と訊き返したトモ子に、楠本みよかは胸を張って宣言した。「あたし、芸者になったの」

懐からD・P・Eと印刷した写真屋の袋を取出して、「これ見てよ、おひろめの写真なの」と云った。四つ切三枚は同じ立姿で、高島田のかつらといい、色地に牡丹《ぼたん》の裾模様が派手派手しい染めらしい様子からも、芸者の左褄とった姿に違いないとは直ぐ分ったが、それが楠本みよかだということに納得するまでは時間がかかった。「綺麗ね。豪勢なものじゃないの。これでお茶屋さんを挨拶まわりするものなの？　ふうん？」トモ子も商売柄どんな場合も褒《ほ》め文句には事欠かないから、言葉で余裕をとって、やがて下ぶくれの頰と夢っぽい目で確かにみよかだと分った。やっぱり生れは争われない、と出かけたのを喉で抑えて、「堂々たるものじゃないの、見たかったわ。私、芸者の座敷姿って見たことないのよ、まだ」「近頃は昔と違って、こんな第一公式でばかり働かないけどね。パーマの頭で、せいぜい絵羽《えば》の着物でお座敷に出るのよ。でも母さんが富久の家の娘だし、妹の姉さんなんだからって、ばりばり一級品で揃えてくれたのよ」と、なんだか変に勢づいてきた。このかつらは、かつら屋では日本一の銀座の岡屋でわざわざあつらえたのだの、帯は糸錦《いとにしき》でもいいところを張りこんでつゞれを締めた、着物は写真でも染めの素晴らしさは判るだろう、その筈、日本橋の鶴井の特製なのよ、という工合の饒舌《じょうぜつ》に、正田トモ子は半ば圧倒されながら、所詮《しょせん》そんなところに力こぶを入れて稼ぐ職業だと理解したのだったが、張切っているみよかの背に酔覚めの寒々しさも感じないわけにはいかない。

「芸者の世界って、芸事本位でも商売になるものかしらね？」今どき、そうのんびりと金を撒《ま》く種族が、やはりいるのかどうかとトモ子の自然に出た質問だったが、みよかには手痛くこたえたらしく、我武者羅《がむしゃら》に返された。「そりゃ無論あたしには三味線や手踊りの芸事はない。それなら不見転《みずてん》かって心配して下さるの？」「あ、違う、違う。とんでもないわ、そんなこと云うものですか。ただ昔と今とずっと同じ世界なのかどうか……、何しろ私は貴女の云った通り素人の謂《い》わば門外漢なんだから……」トモ子の困惑は判ったらしいが、それでも神経をピリピリさせながら説明を始めた。

「芸者は座の取持ちが生命《いのち》なのよ。確かに近頃は座敷で舞わせたり唄わせたりする悠長な客は減っていて、芸者つれてナイトクラブへ出かける人が多くなったわ。だから一層、私の働き場があると思っているのよ」幇間《ほうかん》という男の商売は近頃は全然あがったりである。男の座持ちで陶然と酔える本物の御大尽《おだいじん》はなくなってしまったのだろう。そう云いながらみよかは又、盃《さかずき》に手を出し始めていた。「女でなくちゃ金を払っても損みたいに思って、万事がミミッチクなってきてる。そこが、あたしの付け目なのよ。謂うなら女の太鼓持ちをしようという肚《はら》なの」酔ってきたのか、自分の決意に自分で満足できたのか、ここで目をすえると、「うん、そうなの」と結んだ。

「結構だわ。面白そうね。大いにやって頂だい」決して本心ばかりではないが、どう考えたって自分には分りっこない世界の話らしいと思ったので、冷淡かと反省しつつも正田トモ子は一応の賛意を表して腰を浮かした。おそい。それに酒に興味は途絶えていた。帰ることが、緊急の用のように思われ出した。「私、明日の朝が早いのよ、これで失礼するわ。それに、お金もあまり持ってないし」「ああ帰る? いいの、お勘定は私にさせて、聞いてもらったんだから」思ったより素直にみよかは云って、足袋をはきにかかった。コハゼをはめる指が、取るときとちがってシャンとして見えた。

夜気が、酒にイカレた頬をひやりと撫《な》でた。みよかは外に出ると又急に腰がふらつき出したようである。「大丈夫? 楠本さん」「大丈夫よ。酒も修業のうちだわよ。今晩はどうもありがとう」忠犬ハチ公の脇《わき》まで送って来て、白っぽい顔をすると馬鹿丁寧に頭を下げた。

渋谷駅の改札口でトモ子が振返ると、みよかは夥《おびただ》しい警笛の波に揉《も》まれて、車道をふらりふらりと渡って行った。

その、風に任せたような、しかし任せ方の不馴れなような後姿は、それから一カ月近く経つ今も正田トモ子の脳裡《のうり》に灼《や》きついたまま消える気配がない。そこへ持って来て今日の結婚式だ。角かくしと大振袖は芸者の座敷着とは大違いな筈だったが、和服の知識のないトモ子の目には似たようなものだ。式の間中、朋枝に悪い済まないと思うくらい、楠本みよかを思い出していた。

「そりゃア失礼だわねえ、結婚式に芸者のおひろめを連想しちゃア」

平林珠美は可笑しそうに云った。実は正田トモ子の物語を、三人の聞き手は時々腹を抱えて拝聴していたのである。原因はトモ子の語り口にあった。倉賀野祐子の影のように襲いかかる話術がないかわり、トモ子は話のアクセントを時折本筋の外に置くのだ。例えば今の話なら、蹠を掻く様子だとか、喇叭飲みした楠本みよかの顔の真似とか、そんな茶番が混るから、聞き手は主題が自分たちと酷似しているにも拘《かか》わらず気楽に聞き終《おお》せたのである。

それだけに物語が終ったあとの沈黙は、いきなり暗い結論と対決させられるようで、重く苦しく、やりきれない。トモ子は歯に衣《きぬ》を着せず、他にも自分にも正直で、それが最大の長所なのだが、抉《えぐ》りすぎた傷痕《きずあと》は、それだけに自分自身でも手に余るようであった。珠美が見かねて明るい相槌《あいづち》を打ったのは誰にも分ったが、それを受止める気力のある者はなく、折角の笑顔も不発弾のように何時の間にか曇っていた。しかしそれは自分の不手際を悔いるより、案外心の中で花嫁衣裳も芸者の盛装も華やかさと女の悲しさを持つ限り全く無縁のものではないと思い直していたからかもしれない。

正田トモ子は話したことを後悔しているらしく、コップの水をさっきからもう三杯も飲んだようだ。文代は、さあどうやって解散のきっかけを作ろうかと考え込んでいる。
秋が深まったせいか、店の中は客が殖《ふ》えも減りもしていない。

# 第四章　虹色真珠

それから四、五年の間に、田中文代は四度下宿を変えた。女子大卒業後最初に入った下宿は条件もよかったし主婦が親切で居心地が悪くはなかったのに、仲々結婚しない文代に家人が並でない好奇心を動かすようになると往生してしまったのである。第一に文代自身何時《いつ》までも独身でいることに劣等感めいたものを持ち始めて、自分から居心地が悪いように思ってしまい、そうなると一刻もじっとしていられぬようになって、思い立って遮二無二下宿を移ってしまった。だが条件より何より早いが第一で変えた下宿に長く居つけた筈《はず》はないので、二度目の家は半年と我慢できず、次は一年居ついたが、やがて又F女子学院に徒歩で十分の、杉並区方南町《ほうなんちょう》という都心からはずっと辺鄙《へんぴ》な土地の素人下宿に移った。電話はないが、玄関に入るとすぐの階段を上れば四畳半の一間がある、下宿としては独立できて仲々工合がいい。

友人にはその都度転居通知を出した。そして、その都度旧交を温める形で誰彼の手短な近況報告の返信を得た。おかげで倉賀野祐子が芽出たく醍醐公彦と晴れの婚約パーティを開いたということ、その折ノーベル賞で有名な湯元博士の素晴らしいスピーチがあったということ、いずれグループの皆々を招く筈のところが、博士の招きで京都大学の研究室に急に公彦が移ることになったことなどの長い手紙も受取ったし、玉置朋枝ことと今では石室夫人に、次男が生れたということも知った。ただし正田トモ子からは、四度目の転居通知に熾烈《しれつ》な返事を貰《もら》った。

あんまりジタバタしなさんな。
私のように、とうからアパート住いが、いっそ気楽です。
そろそろ一生の方針が立っていいんじゃないかな。
貴女《あなた》だって、私だって、サ。

相変らずの悪筆が葉書一杯に暴れていた。文代は正田トモ子のイキのよさ、というものには敬服したが、文の内容にはドキリとしていた。「そろそろ」という文字群は、まるでいぎたなく牙《きば》をむいて向ってくる獣の面構えに似ている。数えで云《い》えば、三十は過ぎた——。田中文代は、年をとったという怯《おび》えにもすでに疲れてきている。

そんなある日、初夏の爽《さわ》やかさも縁遠いと溜息《ためいき》をついている文代に、クラス会の通知が来た。ミス・ライエルが任期満了で教職を引退し、故国アメリカに帰るという報告についで、恩師を中心に久々で集《つど》いたいという趣旨である。克明に記した手跡はガリ版刷りだが素人手に間違いなく、幹事遠山静代とあるところから、文代は、てっきり彼女自身の筆であろうかと思った。遠山静代は卒業のとき研究室に残って、新制大学にもう一度入学し、今では副手から助手に昇格している筈だ。近眼を字引にすりよせていたのを思い出して、遠山と姓も以前のままなら、ああこの人も独身かと、ほっとするような味気ないような奇妙な思いに囚《とら》われていた。

久しぶり――卒業後三年ぐらいまで続いていたクラス会は、すっかり打絶えていた。何年ぶりの顔合せだろう。指折って、八年――。また文代は心がすくむ。八年を私はどう過したのか。

四度、下宿を変えた。云えるのはそのくらいのものだ――。一口に云う八年には随分いろいろのことがあったと思えるのに、振返って一つ一つの思い出に執着する力が今の文代にはない。むしろ無為だった、そんな風にしか思えぬほどだ。正田トモ子のようなアパート住いは、自分から避けたつもりだった。つまり家というもの家庭というものから離れぬ人間でありたいという希《ねが》いが、恋々と下宿生活を続ける結果を招いたのだ。それも、今の下宿に移って、二階一間、家人と隔離した住いを得たことが何か救われたように思えるというのは、そうやって家庭から閉め出されて行くのだということに他ならないのではないか。

果しもなく思い惑って、たった一枚の葉書から八年という歳月を追憶している自分に気づくと、あらためて文代は苦笑するのだった。が、なんにしても、ミス・ライエルの送別会には出席したい。あの、常に豊満に教壇で花咲かせていた外国婦人が停年に行き当ったということより、むしろ無邪気な懐しさが強かった。表を返すと、葉書には前の下宿の付箋《ふせん》がついている。宛書《あてが》きは、最初のK駅に近い下宿の住所であった。交際範囲には洩《も》れなく通知したのだったが、卒業生名簿の訂正は怠っていた。まわりまわって届いたから、会の日はごく間近に迫っている。

正田トモ子に電話すると、

──行くさア、無論よオ。

と勢のよさは相変らずだ。

「出席の返信出してないんだけど」

──一人ぐらい構わないでしょ。五十人のクラスだもの、半分とみたって二十五人、皿数の都合はどうにでもつくわ。

それからトモ子は良いことを思いついたとばかりに、二人だけでミス・ライエルに贈りものをしようと云い出した。特別に目をかけて貰ったのだから、というのだ。どう自惚《うぬぼ》れてみてもそんな筈はないのだったが、トモ子に勇ましく云われてみると、そんなこともあったような気になって文代は同意してしまっていた。

——じゃ、いいわね。K書店の前で五時、ジャストよ。

というわけで、当日田中文代は早めに下宿を出ることになった。日曜日である。初夏、早い人は袖《そで》のないワンピースを着る季節だったが、文代は合服で出かけた。時服を人に先んじて着られる若さはなくなっている。バスの停留所には四、五人が列を作っていた。文代は後尾について、見るともなし並んだ人々を観察していると、妙なものが道の向うから歩いて来るのに気づいた。黒いジョーゼットのワンピースを着た老婦人だ。

年の頃は最初見当がつかなかった。が、目を奪われたのはその異様な風態であった。如何《いか》に初夏とはいえ、ジョーゼットは盛夏の洋服布地だ。近頃ではナイロンの羅《うすもの》が初夏も春秋も着られるとはいえ、見るから年代を経て疲れたような腰のない黒羅が、下着の白を透かし見せている図は物々しすぎた。全体に薄汚れた感じが、文代の横をすぎて二、三人の背後についた。まさか振返ってじろじろ見るわけにもいかないので、文代は折よく停《とま》ったバスに乗りこんだが、つい見た横顔に鮮烈なアクセントのあったのを何だったかなと漠然と考えていた。

日曜日でも方南町は田舎《いなか》だからバスはひどいこみようではなかったが、空席は文代まで埋まってしまった。あとから乗った四人ばかりは吊皮《つりかわ》につかまるわけだ。そして例の老婦人は文代の真ン前に立った。老婦人という形容はちょっと控えねばならないかもしれない。全く年齢の見当をつけかねたのだ。というのは太い肉、皺《しわ》んだ腕、大胆なデザインのジョーゼット、褐色の皮膚、加えて燃えるように彩られた朱唇といった按配《あんばい》に、彼女の細目《デテイル》はてんでんばらばらなのであった。髪型は文代の奉職するF女子学院のおしゃれな下級生たちがしているパーマの長い下げ髪で、ともかく三十すぎたら気恥かしくて出来ない形である。しかし最も異様なのはその表情だった。目が漆黒《しっこく》の瞳《ひとみ》というのだろうか、若い頃は定めて可愛かったろう大きくも瞠《みは》っていたろうと思われるのに、それが夢でも見ているようにゆったり潤んでいる。

不思議なことには正面切って見上げている文代に彼女は全く無関心な様子であった。それればかりか、車内のあちこちから相当に好奇心を露《あら》わにした目が注がれていることにも全く気づかぬ様子だった。ものうげに首を廻《めぐ》らして、それでいて煙った瞳の奥はかなり面白そうに、彼女は窓の外の移り変るさまを見続けている。いったいどういう人なのだろう？　と文代はバスが新宿へ出るまで興味を持ち続けていた。

腕時計を見ると五時を五分過ぎていた。文代は急ぎ足でK書店への道を曲がった。件《くだん》の老女は駅の方へ向った様子だが、もう文代は関心がない。

「遅いぞ、七分遅刻だぞ」

正田トモ子は入口で買ったばかりの新刊誌を小脇《こわき》にして立っていたが、いきなり昔なつかしい女子大生用語《ボビー・ソクサー》を浴せてきた。そう来れば文代も気楽なものだ。

「ごめん、ごめん」

「ところで、と、考えついた？」

ミス・ライエルのプレゼントに何がいいか、宿題になっていたが、文代には気の利いた智恵《ちえ》は浮ばなかったので、その旨答えると、トモ子は肯《うなず》いて私には腹案があるとすでに歩き出していた。その後姿に従いながら、この人の実行力は近年地についてきたようだと、文代は頼もしく考えていた。

近くの百貨店に入って五階までエレベータで直行、家庭用雑貨品の間を通って、トモ子はずんずん奥へ進む。

「何を買うのよ」

「いいもの、いいもの」

竹製品のずらりと並んだところへ出ると、ようやく振返って、

「ザル、よ」

と笑った。

なるほど、と文代も肯く。安くて軽くて、日本的なものをという判じものにはいい答えだ。細かく手のこんだ編目の笊《ざる》を大中小と組合せて千円で二百円の釣りがあった。

「これで、お茶飲もうよ」

初めからそのつもりだったのか、正田トモ子はけろりとして、云う。ミス・ライエル

の送別会は、同じ新宿のN屋で開かれる予定だったが、時間には間があったので、文代は文句なくトモ子の意見に賛成した。

音楽喫茶は、薄暗い中に静かな音と光を漂わせている店だ。奥まった椅子《いす》に腰を下して、文代が外の明るさから急に凋《しぼ》まった気分になりかけたとき、注文のコーヒーはまだ来ないうちから、正田トモ子はいきなりこう言い出した。

「私ね、ついに決心したわよ」

こういう云い方は学生時代以来だから、文代も今更、緊張しない。

「何を、どう決心したの？」

と相手にはなっても、耳は折から始まったラフマニノフを聞いている。トモ子は頭はいい筈なのだが話術の間については落第生だから、文代の無責任な誘い言葉にも勿体《もったい》ぶってみせることをしらない。いきなり、

「独身で、いくことに決めたわ」

なるほど、これは大決心だと、文代は感心した。普通なら到底軽々と発表する気にはなれない決心である筈のものだ。またこの「決めたがり」が、と苦笑しながら、馬鹿馬鹿しくて相槌《あいづち》は打てずにいると、

「いろいろと考えた揚句にサ」

と重ねてくる。

「いい考えだわ、私も結婚するまでは独身のつもりよ」

「茶化さないで、真剣なんだから」

「……仕事と結婚するってわけ？」

「うん」

オハコの文句を取られて鼻白んだものか、トモ子はもう黙りこんだ。運ばれてきたコーヒーを匙《さじ》でぐるぐるとかきまわしてから、慣れた手つきでミルクを縁から流しこむ。乳白色が渦になって全部表面に浮ぶと、それを睫毛《まつげ》も動かさずに凝視《みつ》めている。ああ悪いことをした、と文代は軽くトモ子をいなしたのを後悔しながら、早く時間が来ないか来ないかと腕時計の針の動きを祈るように待った。

集った同級生は、もとのクラスの三分の一にも充《み》たなかった。ずっと前に家庭に納ってしまった連中は殆《ほとん》ど欠席で、出席者はごく最近なったばかりの既婚者と未婚者が半分半分でやっと一ダースを数えるばかり。文代たちのグループでは、平林珠美と武井麗子が定刻ギリギリに現れた他は、めずらしく倉賀野祐子も欠席し、瀬見薫も姿を見せなかった。

「京都からのお葉書頂いたわ、倉賀野さんは今、醍醐さんと御一緒よ」

「同棲《どうせい》してるの？」

「まさか。醍醐さんの御本家は京都なんでしょう？　御慶事があって、お手伝いですって」

「へええ、御慶事が？」

珠美と麗子の二人が大体同文の便りを祐子から受取っていたようだ。トモ子は心面白からぬ様子で、

「早いとこ、あの二人も結婚しちゃえばいいのにねえ。いったい何でこの婚約時代を長びかせてるんだろ」

「醍醐さんの研究が一段落つくまでっていうことだったんでしょ？」

それは文代も知っていた。時々祐子から難解な化学記号の混った一文が送られて、醍醐はこれと取組んでいますという報告には触れていたのだ。しかし指折り数えて倉賀野祐子と醍醐公彦との交際は、もう十年にもなる。偉いものだと思った。文代の経験では一年でも観察すれば大概の男は愚劣だという結論に突き当ってしまうものだのに、十年一日の如《ごと》く醍醐が、公彦さんが、と云い暮せた祐子は、自身も云うとおり幸福なのに違いないと思った。

瀬見薫については正田トモ子が電話で誘ったところ、当日別に差しつかえはないが「行かない」という返事だったそうだ。「だって皆さん奥さんになったか、仕事を持ったソーソーたる人たちばかりでしょう？　家にひっこんで、いまだにオヨメにも行かない

なんて、みっともなくって私は出席できないわ」彼女にしては思いきった自虐精神だ。何時だったか祐子がひきあわすとかいっていた銀行家御曹司《おんぞうし》との見合の一件はうまく行かなかったのか、と文代が不審に思っていると、

「馬鹿よ、結婚なんて、する気になれば誰にだって出来ることなんだのに。妙なコムプレックスは持つことないじゃないのよ、ねえ」

トモ子の勇ましい言葉は、多分に既婚者連への面当てがあったが、独身者たちは誰も彼女に調子をあわせることが出来なかった。

定刻かっきりミス・ライエルは颯爽《さつそう》と姿を現した。

「オウ・ガールズ！　ワンダフル・トゥ・シー・ユー！」

銀髪、豊頰《ほうきよう》、雀斑《そばかす》、肥満した白い胸と腕、目のさめるようなピンクの派手なドレスという、昔と全く変らぬ華やかさで、ミス・ライエルは語りかけてくる。頸《くび》に十重二十重《とえはたえ》に巻いた真珠の首飾りが、彼女の大仰な身振り《ジエスチユア》に揺れて音もたてかねまい勢いである。その機関銃掃射のような英語を受けとりかねたのは意外にも未婚者たちだった。会の出だし、彼女たちはすっかり結婚組に気勢を削《そ》がれていた。卒業後ずっと英語とは無縁で暮してしまった連中も多く、正田トモ子などは、

「困ったあ、ライエル先生のおっしゃることは分るんだけど、英単語があっちこっちへ行っちまって答えが急には纏《まと》まんないわ」

と喚《わめ》いて皆を笑わせたが、話題が主として出席者の既婚未婚から始まり、既婚者は旧姓と結婚後の改姓を名乗り、夫の職業まで報告するに及んで、更にはミス・ライエルが如才なくそれをノートするに至って、独身組は全くの手持無沙汰《てもちぶさた》で、口を挟むのも遠慮しなくてはならぬ形になってしまった。が、しかしそんなことに頓着《とんちやく》なくミス・ライエルの発散する生命力《ヴァイタリティ》は見事だった。若さは、ずっとずっと年下の筈の教え子たちが敵ではなかった。誰もが今更のように彼女の独身主義の秘密を探りたくなったほどで、だからジャーナリストの正田トモ子が逸早《いちはや》く質問した。ただし突然ではなかった。彼女にしては珍しく演出をもって、先《ま》ず例のザルを恭《うやうや》しく捧《ささ》げたものだ。

「田中さんと私の二人の心をこめてお贈りいたします、ミス・ライエル」

ライエル先生は無邪気に喜んで両手で受けとると、早速包みを解《ほど》き、現れ出た笊を見て、「ホッホオ！」と驚歎《きようたん》した。

「竹は素朴で美しく、自然に対して素直な日本人の性質を現すのに相応《ふさわ》しい植物です。ありがとう、ミス正田、ミス田中。この大きな笊には果物を、この中型には干菓子《クツキー》を、この小さいのにはキャンディを盛って、日本を知らぬ私の国の人々を饗応《きようおう》しましょう、オウ・ガールズ！」

工芸品の籠《かご》ではなく、純然たる台所用品であることは誰の目にも分った筈で、この思いつきは独身連からは拍手大喝采《はくしゆだいかつさい》を受けたが、意外にも最近は台所で日を送っている筈のミセズ連からは、「そんなものを」という顔をされた。が、トモ子は構わず澄まして語り出した。

「喜んで頂けて嬉《うれ》しゅうございます、ミス・ライエル。ミス田中と私が、先生への贈りものにそれを選んだ理由は、日本でならば薄暗い厨房《ちゅうぼう》で用いられる笊を、先生はきっと明るい応接室で使って下さるだろうと信じたからです。今のお話をうかがって本当に嬉しゅうございます、ミス・ライエル。それは同時に陰鬱《いんうつ》な厨房で古びて行く道を拒んだ私どもが、先生の独身主義について此《こ》の機会に教えを乞《こ》う心でもあります。先生のように結婚に背を向けて生きようとしている私どものために、どうぞ是非先生の信念をおきかせ下さいませんか」

卒業後、語学に遠い生活をしていたために、正田トモ子の英語はおそらく下手《へた》くそで廻《まわ》りくどく、旧式な新女性宣言みたいなものも併行していたので、同級生たちは例外なく失笑したが、同時に、謂《い》わば失礼なこの種の質問が、ミス・ライエルのように誇り高い外国婦人からどう切返されるかと思って、息を呑《の》んだ。文代もトモ子ともども独身主義を気取らされたようで迷惑したが、それまでただ華やかに談笑していたミス・ライエルが急に厳しく顔をしかめたのに気付くと、緊張した。笑窪《えくぼ》のある白い手を、やおら握り合わせて、ミス・ライエルは重々しく答え始めたのである。

「皆さん《ガールズ》！　仕事の優劣は仲々定め難いものです。仕事を選ぶについて、第一に見極めるべきは各自の能力の質です。女には概《おおむ》ね家庭があり、主婦となって家政を司掌するのは価値ある仕事です。配偶者の良き半身となり、子供の良き母親となるのは、素晴らしい一生です」

ここまでのところは英語でなかったら誰も耳を傾けた筈のない退屈な幸福論だったが、語り手はそれから一段、声を張り上げた。

「でも皆さん《バット・ガールズ》！　私は、より数多くの子供たちの母親となる道を選びました。私は四十年の歳月を東洋、主として日本で過し、数えきれぬほどの娘と息子を得たのです。私の誕生日とクリスマスには、お祝いのカードが山のように舞込みます。そのとき省みる過去を、私は真実倖《しあわ》せであったと思うのです」

多感な彼女は話最中《さなか》に心震えるような思い出の幾つかを呼びさましたのか、胸もとから刺繍《ししゆう》のある手巾《ハンカチ》を取出すと、くしょんと洟《はな》をかんだ。

「でも皆さん《バット・ガールズ》！　私はこの道を、人には決して勧めようとは思いません。決して《ネバー》、決して《ネバー》」はっと胸を衝《つ》かれている聴衆の前に、急に、声を落して呟《つぶや》きを付加えた。

「神様の思《おぼ》し召しでは男女の両性が互いに結びつくのが自然《ナチユラル》なのですが、この自然に背くときには自然以上の摂理があり、従って自然以上の努力が要ります。しかし、それも要するに偉大なる自然に他なりません。そうです、最も大いなるものは、常に自然なのです」

既婚者さえもシュンとなってしまったほどだから、独身連中がミス・ライエルの言葉に言葉以上のものを感じとってしまったのは疑うべくもない。卓上に料理が並び始めていたが、誰もすぐにはフォークがとれず、部屋の天井が高くなって行くような気がしていた。

このときだった。朋枝が、

「遅くなってご免なさい」

騒々しく扉を開けて入ってきたのだ。一斉に扉口を振返った一同は唖然《あぜん》とした。旧姓玉置、今は石室夫人である朋枝は、背に乳児を負い、手には買物袋を下げた恰好《かっこう》で入ってきたのだった。着飾ってディナー・テーブルについていた連中は度胆《どぎも》を抜かれた思いだ。

が、次の瞬間、彼女はまるで当夜の正賓《せいひん》のように迎えられたのである。ミス・ライエルは立上って、空いている隣席を指して招き、幹事の遠山静代は目を輝かして、

「よく来られたわねえ、遠いのにねえ、千葉からですものねえ」

と賞讃《しょうさん》したから、母子像は一層悲壮なものを感じさせた。文代もトモ子もグループの一人である朋枝と、彼女の結婚以来全く没交渉になっていたことを改めて感じた。まさか今日、千葉から、しかも子供一人つれて、それも背負って出て来ようとは思い及ばなかったのである。五尺四寸十八貫は多少の世帯臭さで乱れていても衰えはみせず、ミ

ス・ライエルの傍らに落着くと、子供を膝《ひざ》に抱えてから、他意のない顔を文代たちに見せて、「久しぶりね」と笑ってみせた。

揃《そろ》ってフォークを取上げてから、文代は面白いことに気づいてきた。

十二人の出席者の中で未婚者は七人いた。話しあうまでもなく久々の対面は第一印象で充分既婚未婚を識別できた。それには文代自身、自分で驚いたほどである。三十に手が届けば、オールドミスの呼称には抗議できないところかもしれず、その意識が犬のように処女非処女を探る嗅覚《きゆうかく》を発達させている。ところでミセズは五人だったが、石室朋枝という子供《コブ》連れを除けば後の四人が全部新婚組だというのは興味がある。皆ついこの間までは、正田トモ子、田中文代以下と同様ちょっと薹《とう》の立った処女たちだったのだ。卒業後間もなく結婚した連中は家事にかまけてクラス会への興味は失われていたのに違いない。それにまた結婚したことを晴れがましく級友に見せる気も年月の生活ですっかり消化してしまったのだろう。ともかく、出席した若夫人連は、挙式の模様や新婚旅行の顛末《てんまつ》をまるで独身者たちへのデモンストレーションのように話しあって意味もないのに笑い転げたりしていた。開いた唇許《くちもと》を急いで奥様然と引締めたりするのを、正田トモ子は皮をヒン剝《む》くように批判してのけた。

「よっぽど嬉しいみたいで浅ましいわね。やっと一人現れた相手に慌てて飛びついたみたいじゃないの。それ以前は腹を空ききらして《ゼイ・ハド・トゥ・ビー・トゥ・ハングリー》いたのよ、きっと《アイム・シュア》」

だが、こんな強気な口のきけるトモ子は例外だったのだ。文代なども意気地のない話だが、新婚ホヤホヤで多少頭に来ているらしい一人が、蜜月《みつげつ》旅行の写真スナップを展《ひろ》げて見せ歩くのに、手を出す気になれぬ味気なさから、会に出席したことを後悔していたし、平林珠美、武井麗子も明朗華麗だった往時の精彩を欠いて二人肩を寄せあったまま私語するばかり、研究室にいる遠山静代たちも学者の卵らしい不景気な顔で、独身連は全く気勢が上らなかったのである。

ところが、だ。朋枝が現れてから形勢は逆転していた。

三年も前に流行した袖つけに短いスカートの春のワンピースを一着した彼女は、背負い紐《ひも》を解いて生後十一カ月の男の子を膝に抱き下していたが、乱れたパーマを搔《か》き上げながら、近くの誰彼と挨拶《あいさつ》を交わすのも忙しく、前フックを外して片方の乳房を摑《つか》み出すと、むずかる子の口に乳首を吸わせた。大きな乳房と乳房の山あいが、文代の方からはっきり見えたが、汗が流れていた。

やがて朋枝は自分が皆に与えた衝撃には気づかぬもののように、遅刻した分を取返す気かミス・ライエルの誘いに逡巡《しゅんじゅん》もなく応じると訥々《とつとつ》たる英語で喋《しゃべ》り始めた。往時、ヴァージニア・ウルフを論究して教授陣を驚倒せしめた秀才は、無慚《むざん》に世帯疲れをしたのか、朋枝の英語はおそろしく拙劣だった。無理もない。四年の間に二人の子持ちになっては、内職の時間もなく、医学者の乏しい収入をやりくって台所と育児に明け暮れているのだろうからと、理由は容易に想像がついた。秀才のいたましき末路か——。が、当の朋枝は不様な英単語を操ることにさして恥かし気はなく、夫のこと、その職業、家での毎日から二人の子供の昨今と育児の興味について、ミス・ライエルに問われるまま嬉々《きき》として大声で披露に及んだものだ。

一同は全然圧倒されていた。断然塩を撒《ま》かれた青菜になってしまったのはミセズ連中である。新婚の夢さめやらぬとき突如遠からぬ将来絵図を見て、幻滅とまで行かずとも、吐胸《とむね》を衝かれる思いだったのだろう。おかげで独身組は少々息を吹返した。

正田トモ子は先刻の質問に対してミス・ライエルの返答がツボを避けていたと鼻白んで、自棄《やけ》に食慾《しょくよく》に専心していたが、その頃から平林珠美は彼女の勤める貿易会社の活気ある日常を誇らかに話し始め、渋谷の百貨店で外国人客専任のセールスをしている武井麗子も愉快な失敗談などを座興に供し出した。ライエル先生は全くの御満悦で、両手で宙をかきまわしながら豊かな表情で喋りまくる。

そろそろ会の終るころ、燻《くす》ぶっていたミセズの中の一人が口惜《くや》しがって口を出し、ミス・ライエルに向ってまことに失礼な質問をした。

「先生、おいくつになりです」

「母国の大統領、アイゼンハワーと同い年です！」

ライエル先生は胸を張って答え、ついでに膝のナプキンを取上げて唇の端を拭《ぬぐ》った。

まっ赤な口紅が、白布をつーと走ったのを、文代たちは激しく見てとった。何故《なぜ》か文代は今日の午後、バスの中で見かけた老女を思い出した。口紅と口紅の連想だったろうか。

　予定の八時ジャスト、ミス・ライエルはこの後にもう一つ送別会があるからと云って、立上った。あらためて一人一人と握手したあとザルを小脇に颯爽と消えてしまうと、教え子たちはすっかり毒気を抜かれたようになっていた。だが正田トモ子が早速檄《げき》を飛ばした。このまま二次会をやろうというのである。独身組がまず賛成し、次いで結婚組が意地を張って参加した。アイスクリームやシャーベットを口々に注文すると腰がすわって、欠席の誰彼の噂話《うわさばなし》になる。あの人は結婚した、この人はまだ独身の筈だ、とか、誰それは留学したまま、あちらで国際結婚をした。あらそう？　ちっとも知らなかったわ。どういう方と？　四十何歳、ええっと五十近い人よ、相手は。学者ですってね。へええ。そういえばこの間、誰とかさんに道でばったり会ったわ。ああＧＩと結婚した人、どんな恰好していた？――いったいこれが大学を出た女たちの話題だろうか。

「悪いけど、私は先に帰らせてもらうわね、遠いから」

　それまで黙々と子供を抱いて寝かしつけていた朋枝は、そう云って立上ると不器用な手つきで子供を背負い始めた。傍《そば》に寄って手を貸す文代に格別心残りな顔もなく「ありがと」と云う。同じグループだった人に、こう恬淡《てんたん》とされては、文代の方はやっぱり悲しい。田舎にひっこんで、世帯に疲れると、それ以上の余裕は出ぬものなのか。

「さよなら」

背の子を、うんと揺さぶり上げると、片手を挙げて大声で皆に挨拶をした。

「さよなら」

一同つられて大声で応《こた》えた。皆の心の中に思いがけぬとき子供を見たという素朴な快さと、若さも知性も家事雑用と揉《も》みくちゃになっている母親を見た畏怖《いふ》とが混りあっていたのを、文代は直後に痛感した。朋枝の姿が消えると、残った人々は一様に顔を見合わせて、朗らかな笑顔で悲しそうな吐息をついてしまったからだ。

二次会は滅茶滅茶《めちゃめちゃ》だった。大層気の良い亭主持ちを標榜《ひょうぼう》して、帰りはおそくなっても困らないと豪語していたミセズ連は、石室朋枝にしてやられた後は急に浮足立って、シャーベットを掻きまわすのも早々に一人一人「お先に」と帰ってしまったのである。

後に残ったのは、やっぱり独身者ばかりだった。正田トモ子が忌々《いまいま》しげに場所を変えようと云い出したのに同意したのは、その中でも友達がいの平林珠美、武井麗子、田中文代。所詮《しょせん》数は少くともグループはグループだった。四人は新宿の裏通りを歩いて、小粋なシャンソンの聞えてくる喫茶店に入った。軒並に並んだ同じような店が客に困らないというのも、文代たちのように身を持て余したものが大勢腰を下しに来るからだろうか。しかし誰もが内心案じたようには四人の気分は滅入らなかった。というのは、それぞれ現在遭遇している恋愛問題に主題が固定したからである。四人が四人とも一致して、相手からは愛されるのだが、どうも此方《こちら》からは愛しきれないという途方もなく気のいい話が始まっていた。

性格や環境がよほど特異でない限り大ていの女は身の廻りに男の愛情を感じずにはいない。それだけ男は浮気なのだと云えるわけだが、自惚れが勘定に入るものとすれば、女は誰でも男から追いまわされているような「気分」でいられるものだ。田中文代の場合にしても、同じF女子学院に奉職している生物教師の八木青年に、愛されていると云ったところで決して云い過ぎではない。案外向うさまは本気になっていないかもしれぬことが、それを承知の上で話題だけになら出来るのである。

ね、男の人って、単純で、善人で、参っちゃわない？　同感だわ。それでいて不潔でしみったれてて、小心で。だからさ、入れあげる気にはなれないんだ。それに私たちよか稼げる男って私の周囲にはそういないのよ、此方で養うのなんて真っ平だし、と平林珠美。年寄りは絶対に嫌だし、若いのは生活力なしだし、困ったものだわ、と武井麗子。だが漠然とだけど、昔よりか偉い男性が尠《すくな》くなったような気がして、と文代。

正田トモ子が彼女の結論を、あらためて宣言した。

「だからサ、私は断然、独身で通すわ」

S出版社で敏腕編集者の仲間入りをしている正田トモ子には確かに仕事の張合いというものがあるだろうから、これは空景気とも思えなかったが、文代と珠美は微笑で誤魔化してだんまりをきめこんだ。で、以下はトモ子と武井麗子の対話になる。

「そうね、そう思うより当面働く気にはなれないわね」

「武井さんは気弱だな。決心しなくちゃ。当面だなんて、だらしがないわ」

「でも決心って弱気を鞭打《むちう》つものでしょ？　私は無理決めをしたくないのよ。ただ思うことは経済の基礎を固めようということだわ。浮気をしたってボロが出なくなるのは、それからですものね」

「あらま、私よか立派だった。零号夫人になれる可能性あるじゃないの」

文代は、はっとした。独身同士でツノメ立ちたくはないものだ。が、トモ子の思い切った言葉は文代の心配を素通りして、麗子に素直に引取られていた。

「うん、そう。経済が道徳を変革するのは、何も社会全般についてだけ云えることじゃない、個人にだって云えると思うの。軽蔑《けいべつ》を買う話をしているつもりはないわ」

平林珠美が誘い出されて、

「でも私は結婚に、まだまだ夢を持っていたいわ。私、実は三年ばかり前にこんな体験をしたの。さっき云ったでしょう？　妻子のある人に愛されて困った話、詳しく云うと――」

珠美の勤める貿易会社と取引のある日本の会社の取締役をしている、相手は珠美より遥《はる》か年長だった。若い男にともすれば不満を感じる未熟さが、無い年配である。好意を持たれて珠美も好意を感じていた。随分長い間、二人は互いの好意の危険には気づかずに接近していた。父を早く亡くした珠美は相手を父のように親しく思っているのだと自分では思いこんでいたし、相手もまた娘のように珠美を愛していたつもりだったらしい。だが映画を観たり、一緒に昼食を摂《と》ったりすることが度重なると会社内の誰彼がいろいろと噂をするようになってきた。二人とも照れ屋だから、そうなれば苦笑して両方で機会を少くしようとする。が、そうなって始めて双方互いに自分たちの内奥に潜んでいた思慕に気付いた。

あっと思うようだった、と珠美は云う。妻子のあることは最初から知っていた。寧《むし》ろ安全弁のような気でいたくらいである。先方は又、年齢の大きな差異と、珠美の理知にたよって、そんな危険には思い及ばなかった。二人とも具象に安んじて、識《し》らずに思慕を膨脹《ぼうちょう》してしまっていたのだ。身動きはとれなかった。

この年になって、自分にこういう事件が起ろうとは思わなかった、と男は云い、生命《いのち》の焰《ほのお》が停って、あとは惰性の生き様の中で、小さな刺戟《しげき》だけ娯《たの》しんで行くつもりだったのが、どんと火を燃してしまったのだ、と嘆息しつつ、しかし、燃え上った火を消す臆《おく》病《びょう》にはなりたくないと結論を、希望なのだがと云いにくそうだった。

珠美も、既に婚期を逸しかけていた。それまでに恋愛の機会がまるでなかったわけではない。寧ろ多すぎるくらい多かったつもりである。この反省は、しかし味気なかった。ようやく心に不足なく愛し得た対象が、二十年築いた家庭を、崩しようもなく確固と建設し終えた家庭を、持っている。それは彼の意志や、珠美の欲望だけで打ちくつがえされるものではなかった。

武井麗子と正田トモ子が軽々しく口にした零号夫人という言葉を、珠美はそのとき真剣に考えたのであった。ステノタイプと会話を特技とするセクレタリは、普通の勤め人の優に三倍は収入がある。相当に贅沢《ぜいたく》をしても今の職業を続けるかぎり、私は楽に一人で暮せるわけだ。兄弟もそれぞれ独立して貢ぐべき係累はない。一口に云えば養われる必要はないのだから、そういう結婚の必要はなかった。なろうと思えば零号夫人にも愛人にもなれる可能性は充分である。生活力を持った女、珠美はしみじみと自分を怖《おそ》ろしいと思ったものだ。

考えに考えても、惚れた頭の冷静さは知れていて、珠美はこの思考過程を詳《つぶ》さに相手に告げてしまったが、聞いた男は苦渋に満ちた表情になって、つまらないことを云うものではないと叱《しか》った。

では、どうすればいいのか、それが彼に判《わか》っているわけではなかった。男は五十年生きてくれば年輪相応の社会的な責任というものが何重にもなって身を縛りつけてくる。妻に対して女を見る愛情はなくなっていても、更には係累を煩《わずら》わしいと思ってはいても、それをほぐしたりするのは簡単に出来ることではないのだった。

実に長い間、二人は逢《あ》っては顔を見合わせて溜息を吐《つ》くばかりだった。珠美には、実はそれは意外だった。相手は彼女より遥かに多くの経験を積み、女も遊んで数は知っていよう。彼女の前ですくんだり、吐息をつく男を、彼女は誠実と見た。自分は大事にして貰えている――こう思うことは倖せだった。獣欲の犠牲になっても構わぬ気が、そんな安心の陰から、ちらちらと赤い舌を出しはじめていることに、珠美はしばらく気がつかなかった。

五十男の手管とは思えなかった。誰にも相談の出来ることではなく、自分一人で悶《もだ》えれば行く途《みち》は自然に任せるだけだ。障碍《しょうがい》の多い故に男に対《むか》う情熱の冷えるときは来そうにもなかった。はっきりと自分の中にある「女」を自覚すればするほど、運は天に任せる気も強くなって行った。そこで突き当ったのは貞操を云々《うんぬん》する以前にある処女性の価値の問題だ。

「自分でも、それだと思いついたときはドキリとしたわ。零号夫人も結婚も、これより遥かに観念的な問題だったもの」と珠美は静まっている三人の聞き手の前で述懐した。

「で、どうなったの？　それから」

トモ子に催促されて、平林珠美はその先の話をしようかどうしようかと暫《しばら》くたゆたっていたが、続けた。

「ずっとずっと前に、田中さん、貴女が伊庭先生に呼びつけられたことがあったでしょう？　貴女から聞いたのか、誰からか噂で聞いたのか忘れてしまったけど、確か処女をつかまえて生んだという言葉を使うとは何事だ、っていうんで叱られたという話」

「ああ、そんなことあった、あった」

伊庭千代女史の干物のような尖《とが》った顔が浮び出てきた。処女が乾いて干からびた見本《サンプル》である。が、その伊庭女史を支えている処女性の矜持《きょうじ》がナンセンスであると当時こそ思いはしたが、今になって回想するとき、五十歳近い伊庭千代の処女性と珠美や麗子や文代たちの処女性が、地下茎のようなもので繋《つな》っていないとは誰が云えよう。全く異人種と見ていた相手が、実は自分と確かに繋りを持つのだと発見したとき、珠美は霊感《インスピレーション》を得たと思った。躰《からだ》ぐるみ男にぶつかって、それでおそらく自分は後悔しないだろうと思った。

聞き手も声がなく、珠美が言葉を切っても後を急ぐ者がなかった。が、珠美は自分から話し続ける。

「でも奇跡が起ったの」

遂《つい》にある日、二人は東京を離れて伊豆へ向った。珠美から誘ったのか、相手が云いだしたのか判然としない。多分なるようになったのだろうか、と双方で思っていた。宿に着いた。週日《ウイークデー》なので客は混んでいない。同じ部屋に落着いたが、夜になって珠美の顔色を読んで、男は別の部屋に寝間をとらせた。「私、そちらへ行って寝《やす》みます」深更、身をすくませている珠美の部屋へ相手はおずおずと入って来た。半身を起した珠美に襲いかかる気配はなくて、二人とも、何時間か見合って過していた。頭も躰も痺《しび》れるように疲労を感じ始めた。潮騒《しおさい》が轟音《ごうおん》のように聞えてきた。何時の間にか抱かれていた。が、瞬間、珠美は夢中で離れていたのだ。「ご免なさい、ちょっと、ちょっとだけ待って」唖然としている男を残して廊下に出た。不思議に動悸《どうき》は激しくなく、平静だった。離した相手の気持を推し測るより離れた自分のことを考えながら、便所に入った。妙なときに、生理は起るものだ。用をすまして、人気のない廊下に出ると、気持は一層平静だし、しかも後悔や恐怖は何一つ感じていないのに、部屋に戻る気は起らなかった。

何故そうなのか、どうしても判らなかった。今になってそのときのことを考えても、判らないのだと珠美は云う。待っている男を怖いとは思わず、むしろ懐しみながら、自分の寝間には戻りかねた。男の待つ部屋に入れぬというのは潜在意識下の処女性の抵抗であったのかもしれない。理窟《りくつ》はどうあっても男の胸に帰るべきであり、それを拒む心は微塵《みじん》もないのだったが、珠美は踵《きびす》を返して、相手が出て来た部屋に入って行った。枕許《まくらもと》に雑誌が読みさしで伏せてあった。眼鏡《めがね》が並べてある。枕の中央が大きく窪んでいるのは、何度も天井を向いたり、読書の寝返りをうったりしたためだったろうか。珠美は、そっと蒲団《ふとん》の中に躰をすべりこませた。温い。男の体温が、枕のあたりから匂《にお》い立つポマードの臭気とまじって感じられた。そっと、横になって、それから又起きて、眼鏡を取上げてかけてみた。どちらかと云えば近視に近い珠美の目に、これは酷《ひど》くあなかった。老眼鏡――、視界が全部ぼやけて、薄靄《うすもや》がかかった。老眼鏡――そう思うと、のどかな微笑が声になって喉《のど》から洩れた。くっくっと笑って、珠美はすっかり気の張りをほぐしてしまったのだ。眼鏡を枕許に戻して、身を深々と男の寝具に横たえた――。先刻まで、妻子ある男と恋しあう苦しさに蝕《むしば》まれていた部分に、温泉の微温湯《ぬるまゆ》が浸《し》みわたるような快感があった。

どのくらいたったか、朝の光線が雨戸を洩れて射しこむのに気づいて珠美は目を醒《さま》した。男は枕許に坐っていた。じっと寝顔を見ていたものらしい。

「ずっと私の部屋で揣摩臆測《しまおくそく》しながら待っていたのね。必ず来る。きっと来るって自分に云いきかせていたんですって。それが鶏が鳴き始めて、階下を女中たちが通り始めたもので、変だぞと気がついたり、同時にもの凄《すご》く落胆して部屋に戻ったんだわ。絶望と云って、あの二時間ほどの時間の辛《つら》かったことはなかったと云ったわ。私が部屋を出たのは四時近かったのね。で、彼は六時ころに自分の部屋に戻って、私を発見したっていうわけ。すやすやと安らかに眠っているのを、ね」

意外の感に打たれて男は茫然《ぼうぜん》とした。待ち疲れ消耗しきっていた躰の中で、彼は痴呆《ちほう》したように珠美の寝顔に見惚《みと》れていた。幽《かす》かに年齢の差から保護者の位置を感じ始めていたという。

「それで話はお終《しま》いなのよ。私も処女を捨てる決心をしたし、彼もともかく一人の女を一生がかりで抱く気になって、二人とも謂《い》わば登りつめてしまったのね。どちらも当初の目的は達せず、私は処女のまんまで東京に帰ったけど、彼はしてやられたとは思わなかったらしいわ。尠くとも私は彼の蒲団に寝たんですものね。それから結論が出たの、さっき云ったような——」

結婚に夢は持つべきだ、と平林珠美は云う。その男の意見なのでもあった。待つかぎり条件の揃った男性は現れる。

「第一そう思わなくちゃ、かなわないわ。私はもう悟っているのよ」

「今の話、ちょいと禅味があってイケるわね。だけど平林さんはロマンチストねえ。私は武井さんの考え方の方が堅実だと思うんだけどな」

トモ子の言葉を麗子は苦笑で遮《さえぎ》った。

「とんでもないわ、私が堅実なものですか。私は妻という責任と仕事だけみたいな立場よりか、自分で自分のために働きながら、他人にも無理をさせない楽な生活の方がいいと思っているんだもの。でも誤解しないでね、これは決心ではないのよ」

「よかったわ。決心していたら貴女は男好きを表明するようなものよ。怒らないでね、つまり私がそうだと思われそうな綱渡りをしたところなんだから」

どの言葉も要するに独白《ソリロキー》なのだ、先刻の珠美の物語にしてからがそうなのだ、と思って聞いていた文代は、話が危険区域にさしかかったので話題を変えようとした。トモ子と一緒だと文代の役割は何時もこうだ。

「話は違うけど、大統領と同い年だとするとミス・ライエルは幾つになるのかしら」

「六十五、六の筈よ。だけど、てんでそんな年には見えないわね、あの口紅！」

「全くねえ。でもあの先生、正真正銘のミスかしら？」

「でしょ。だって四十年と云えば二十五歳からずっと中国と日本よ。それに伝道師《ミッショナリ》じゃ浮気なんか出来っこないでしょ」

第三者が聞けばこの会話は噴飯ものだろうが、当人たちにとっては真面目《まじめ》な関心なのだった。平林珠美だけは先刻から喋り過ぎを悔んでいるのか、会話の圏外にいて、やりきれないという顔である。

「確かにミスよ、あれは」

「そうだわね。だけど見事ねえ。ミス・ライエルに限らないけど、どうしてああ豊満なのかしら。今の話の伊庭女史にしても、北川先生や山中先生なんかも同じ独身で年配は寧ろ若いでしょう？　だのに較べたらまるで枯木じゃない？」

「ほんと、ほんと。ミス・ライエルは花盛りだわ」

突然、トモ子が露骨な話を始めた。

「ヒステリーって本当の意味を貴女たち知ってる？」

平林珠美が嫌アな顔をしたが構わず、

「うちの社で処女性のなんとやらってキワ物の出版企画があってね、そのとき覚えたんだけど、一度でも男の肌を知った女には生涯孤閨《こけい》を守ることが生理的に無理なんですってよ。端的に云って、躰に悪いんだって。始めっから額面通りの独身で行くんならヒステリーという病気に悩まされることは生涯ないんだって。独身主義を決意した動機の一つだけどもさ、どう？」

容易に受太刀《うけだち》は出なかった。理由は文代たち三人の勤務先、つまり女学校や貿易会社や百貨店では、こんなガラの悪い話を口にする習慣はなかったからだ。先刻の珠美の物語にしても、言葉遣いはずっと上品だった。が、彼女たちがトモ子の話しかけに応じきれなかったのは、話の内容が意外に奥深く聞き手三人の心に突き刺さってしまったからでもあった。

この同じ四人の顔ぶれで、前にも一度喫茶店で語りあったのを文代は思い出していた。玉置朋枝の華燭《かしょく》の日であった。あれから四年、朋枝は大変化を来《きた》したが、この四人の退屈はあまり変っていない。

外へ出て四人は肩を並べて駅へ向ったが、途中で平林珠美はタクシーを止めると、

「ご免なさい、急いで帰るわ」

飛乗って行ってしまった。

見送って茫然としている文代と麗子を、正田トモ子は睨《にら》み据えるように、

「飲みに行かない？」

と誘ってきた。

麗子が肯き、文代も断る口実がないので、後に従った。

「平林さんたらどうしたんでしょうね、急に。今更おそくなったって慌てる時間じゃないのにねえ」

「彼女、うしろめたいんじゃないかな」

トモ子は今夜どうしたのか云い難《にく》いことをずばずば自棄のように云いたいらしい。ところが武井麗子も、

「やっぱり正田さん、貴女も感じたのね？」

と云うのだ。

「そうよ、あの人小説でも書くといい。つまりサ、今の話は、仲々なさそうで、ありそうな話、だが実は絶対になかった話に違いないんだわ」

そう勘ぐっては悪いと文代は思った。全くの創作である筈はない。しかし、三年前の話だというのには首を傾《かし》げた。また処女が処女がと気張っている様子の、奇妙な悟りす

ましたような、それでいて変に落着きのない態度から、文代も自分たち三人と珠美を異質に感じていたのだった。

「私と平林さんは御神酒徳利《ナイフ・アンド・フォーク》と云われた仲だけど、この二、三年はまるで話があわなくなってきてるの。今日の話にしたって、私は聞き初めなのよ」

「零号夫人を諾《うべな》いかねない武井さんの方が、理想の男性の結婚のと口走る人より、実は処女を捨てきれないんだからね。ミス・ライエルが私は独身主義を奨励しないと云ったのと同じ伝だわよ」

正田トモ子は故意に阿婆《あば》ずれて見せよう見せようとしている。それだって同じ伝じゃないかと可笑《おか》しくなってきた文代に、今度は矛先を向けてきた。

「ずるいのは田中さん、貴女よ。黙ってニヤニヤしていて、サ。独身連盟に加入するでなく、零号夫人に賛成するでなく、こんなのが、ちょろっと結婚しちゃうんでしょうね」

「結婚したら結構じゃないの。ずるいなんてこと決してないわ。ねえ、田中さん」

今度は武井麗子がなだめる番だ。アルコールが入らぬ前から、トモ子はすでに荒れていた。

# 第五章　鶏《けい》　眼《がん》

盛夏、ここ数年の焦燥が到頭極点に達したものか、田中文代は全身の疲労感に悲鳴をあげかけていた。暑熱に対しても抵抗力がまるで失《う》せているのだ。年をとる悲哀を絶望的に覚え、まさかそんな年齢ではないと頭《かぶり》を振り、慌てて手だてを探してヴィタミン注射を思いついた。さしあたって生気を取り戻すためには、そんなところからでも始めねばならなかったのである。

春先に猛烈な胃痙攣《いけいれん》を起したとき世話になった外科医の許《もと》に、綜合《そうごう》ヴィタミンの注射液を幾箱も買込んで運びこみ、夏中ずっと毎日続けて注射してもらうことにきめた。自分で自分の腕に針を刺すような芸当は文代には到底できないのだった。

夏休みには生徒たちはのうのうと海や山に太陽を享楽できるのに、教師たちには講習という焦熱地獄が待ちかまえていて、自由で怠惰な時間の連続に身を任せることは仲々出来ないのだが、それは今の文代にとってもっけの幸いであったかもしれない。つまり彼女は健康維持のために早寝早起と時間割厳守を休暇の冒頭に決意していたのだ。下宿から最短距離の医院が即ち前記の外科医の家であり、そこへ行く時間は午前九時と定めた。若い医者は大学院に籍を置く開業は名のみのような学究だから、この時間は彼のためにも好都合なのだった。

さて、通い初めて四、五日目の朝、文代はあの老婦人に再会したのである。

元来が門前雀羅《もんぜんじやくら》を張りかねない無愛想な医院だし、早朝のことでもあり、待合室は文代が戸を開けるときは大がい無人で、一番乗りという新鮮な気分が一つの楽しみにもなりかけていたのだったが、この日は玄関の扉を押した途端から異様な雰囲気を感じていた。おやと訝《いぶか》しむ気が先立って部屋に入りかけると、人が、それも肉塊《にくかい》のような大柄な老婦人が両足を畳に投げ出して壁にもたれていた。敷居際で文代はちょっと立竦《たちすく》んだ。というのは彼女が物々しい年齢を持つ全身とは別個のように仇気《あどけ》ない童顔をあげて闖《ちん》入者《にゆうしや》を迎えたからだ。

あの人だ。初夏、ミス・ライエルの送別会の日に、バスの中で出会った人だと文代はすぐに思い出した。やっと目礼だけして部屋に入ると、文代は反対側の一隅に座蒲団《ざぶとん》を引寄せて坐《すわ》った。中央の小卓に乗った朝刊をとろうと手を伸しながら、好奇心押え難く文代はこの先客の身なりをそっと観察した。この度は黄ばんだ麻のワンピースである。アイロン気はなくよれよれして、色も模様も趣味は決していいと云《い》えない。ぬっと出た太い腕は肌理《きめ》が粗くて色黒く、呼吸が肩からふよふよ伝わるようでなんとも奇っ怪だ。

ちらちら目を遣いながら指先で新聞を展《ひら》きかけると、

「アタクシ、もう済みましたのよ。どうぞ、いらして下さいましな」

若くて甘くてどうにもならないような声が、そう云った。

下さいましな？　大時代な言葉だと愕《おどろ》いて文代はぽかんと彼女を見てしまった。ベティ・ブープのように丸顔で、目はバスの中で吃驚《びっくり》させられたあの夢っぽさだ。きな粉をまぶしたような下手《へた》な化粧の中で紅をさした唇の形のいいのだけはやはり印象的であった。が、その印象は強すぎたので、文代は慌てて目を移すと彼女の繃帯《ほうたい》をぐるぐる巻いた片足を見てしまったのだ。立上りながら、

「踏抜きか何か、なさったのですか」

と照れかくしに訊《き》くと、小首を傾《かし》げて、

「いいえぇ、ケイガンを手術しましたの」

意味もとれないのに文代は肯《うなず》いて、急いで診察室に入った。若い医者はランニングシャツ一枚の勇姿で消毒液で手を洗っている。その背中に習慣的な朝の挨拶《あいさつ》を投げながら、文代はこんな筋肉の盛上った肉体を見ても格別眩《まぶ》しくは思わない近頃の老成を少々悲しく思った。

没社交的な青年医は直《す》ぐ注射器と注射液を揃《そろ》えて事務的に文代に近寄ってきた。目をつぶり顔をそむけるという大仰な構えで二の腕を彼に預けると、やがて針を待つ緊張は

射された途端にほぐれ、何故《なぜ》か先刻の赤い唇が身近く思い出されてきた。注射液が皮下に捲《まく》れこむ痛みを文代はじっと耐えた。ヴィタミン注射でも続けて打つと流石《さすが》に腕にはこたえる。が、この二、三日、脚は軽くなったし疲れ方も目に見えて少くなっていた。

針の抜いたあとを揉《も》みながら、文代は医者に話しかけた。

「あの待合室の方は何の手術をなさったんですか？」

怪訝《けげん》な顔で彼は質問に答えず、気になったのか診療室を出て声をかけた。

「五十嵐《いがらし》さん」

「はあ、まだお邪魔してますのよ、先生」

「痛むんですか？」

「いいえ。でも、ちょっと衝撃《ショック》でしたの」

「御主人でもお迎えに見えるんですか？」

「あらあ、いいええ。アタクシ独身でございますのよ。それに一人で帰れますわ」

文代が医者の背後から伸び上って見ていると、患者は大儀そうに立上り、にこやかな挨拶を残して玄関に出た。式台に腰を下して、のろのろと手間をかけて下駄をはいている。文代はその横を、サンダルを爪《つま》かけて先に出た。

戸外は太陽が爽快《そうかい》に溢《あふ》れていた。午後は又、酷熱が訪れるのだろう。玄関から門まで粗砂利を敷詰めた小径《こみち》を、文代は今見た紅い唇から煙立った連想がしきりと対象を索《さぐ》っているもどかしさに焦《じ》れて、音を立てて歩いたが、石の門まで来て、はたと思い当った。ミス・ライエル。

ついこの間、母国へ帰るライエル先生を見送ったばかりだった。その折つくづく思ったことだが、国力の違いか異人種のためにか、日本の老嬢と外国のオールドミスと、どうしてこうも外見《アピアレンス》が違いすぎるのだろう。日本では女が年をとると紅っ気をなくする鉄則がある。日本の女は年をとると例外なく貧相になる。そう思っていた矢先、唇紅《くちべに》からミス・ライエルを連想させた五十嵐さんを、文代は頼もしく振返ってみる気になった。

彼女は左足にハンカチで下駄をくくりつけ、足をひきずり覚束《おぼつか》ない恰好《かっこう》で歩いてくる。見かねて文代は声をかけた。

「お宅はどちらですの？　お送り致しましょう」

「まあ恐れ入ります。方南町でございますのよ」

同じ方角だから、悪びれず肩に掴《つか》まりに来た五十嵐さんを、文代は安心して抱きかかえた。道々の話で、ケイガンとは鶏眼と書いて、俗に謂《い》うウオノメの医学的名称と判明した。昔っからの洋装で靴をはき続けたために、蹠《あしのうら》にできたウオノメがどんどん堅く深くなって、到頭足の骨を刺戟《しげき》するようになり、歩くたびに響いて頭痛を惹起《ひきおこ》すので、遂《つい》に思い切って手術をしたのだと云う。文代も足の小指の横腹に靴ずれの痕《あと》があって、皮が固まっているのが歩きすぎると痛み出すのだったが、そんな蹠から骨にまで届くウオノメとは想像をつけかねた。

「手術って痛いのでしょう？」

「いいえ、ちっとも。そこだけ麻酔がかかってますもの」

「メスで削るのですか？」

「くりぬきますの。見せて頂きましたらね、拇指《おやゆび》の頭くらいありましてよ。血まみれでしたけれども」

気味のいい話ではない。肩にかかった五十嵐さんのぶよぶよと茶腫《ちゃば》れた腕から汗が伝ってくるのにも気付くと、文代はとんだ親切気を起したものだと後悔してきた。輝くような銀髪のミス・ライエルに漲《みなぎ》っていた清潔感とは違いすぎる。

五十嵐家は、文代の下宿から通りを一つ越した裏側に当るのだった。小さな洋館で、昔は随分モダンに見えたことだろうと思われたが今では充分以上に古びて壁の汚れなんか酷《ひど》いものだ。

お上りになって、お茶でも御一緒に、と云うのを断って、文代は引返した。実はミス・ライエルに走った連想が、ただちに当日のクラス会とその後の処女焦燥を思い起させるので辟易《へきえき》したからである。

今日は講習のない日で、夕刻から八木信義と映画を観る約束があったが、それまでの時間を読書も洗濯もする気になれず、夏痩《なつや》せした下宿の猫を相手にぼんやりと迫る暑気を感じているところへ、思いがけぬ来客があった。

平林珠美が訪ねてきたのである。

同じグループでも特に一対一で話しあったことはない仲だったから、この訪問は全く意外で、珠美の方もすっかり照れていて、

「ご免なさいね、急に上って。でも、なんだか貴女《あなた》に会いたかったの。この間は変な別れ方をしてしまったし……」

と、もじもじしながら、果物の包みなどを差出すのだ。

訪問の目的はあるに違いないと思っても、先方から切出さぬかぎり誘導するのは不得手な文代で、殊には二人とも他人の噂《うわさばなし》話を喋《ちようちよう》々する趣味もなければ、尚更《なおさら》話につぎ穂ができない。先夜の話題《タネ》で話すのは双方とも気がひける。互いに居心地の悪い思いを続けるうちに、なんとつかず、昼になってしまった。

八木に会うのは陽が落ちてからだが、珠美と鼻つきあわしている気づまりには耐えられなくなったので、文代は昼食をとりがてら新宿へでも出ようかと提案した。眉《まゆ》を開くようにして珠美は肯くと、階段をとんとんと先に降りた。その後姿を見送って文代は窓を閉める。鍵《かぎ》をかけながらガラス越しに「五十嵐みつ」と表札の出ていた家は、と見渡せる屋根屋根から赤い瓦《かわら》を探したが、多分真向いの二階家の蔭《かげ》になっているのか、見つからなかった。その替り、日射の照り返しで目が眩《くら》むようになり、この暑いさ中を出歩

かねばならぬという運命を呪《のろ》いたくなった。

学校だって休む季節を何の因果で炎日に曝《さら》されなくてはならないのか、文代は度々自分に問いかけながら傍らの平林珠美を顧みる。彼女は胸をくったレースのワンピースを軽やかに着こなし、白いハイヒールの爪先を揃えて、むれるようなバスの中に腰かけているのである。いかにも女教師然としている文代の身なりは比較の前で溜息《ためいき》が出る。この人を処女ではないと喝破した正田トモ子に同調したのは、こんな美しい人なら多くの男に追いまわされることもあろうと思う、羨望《せんぼう》とつかぬ嫉視《しっし》があった為《ため》だとしたら、文代は恥じねばならない。

「暑いわねえ、平林さん」

何か話さねばいられなくなって話しかけたのを、珠美はぼんやり見返して、

「そうねえ」

うっすらと嗤《わら》った。

急に文代は不安になった。これは大変な悩みを持って私の許にやってきたのだと直感したからだ。で、新宿に出ると高価なことには目をつぶって冷房完備のレストランに入った。腰を据えて聞くつもりだったのだ。

「平林さん……、貴女は何か心配ごとがあって私のところへいらしたんじゃない？」

「あら、別段。フフ、私の顔って身の上相談が必要みたいに見えて？」

誘い水を笑い流されて、照れた文代は慌てて別の話題を探す。

「私ねえ、ヴィタミン注射を始めたわ」

「一時随分流行したわね。今頃じゃ流行遅れじゃないかしら」

「ううん、注射の話が本筋じゃないのよ。実は今朝《けさ》ね……」

文代は五十嵐みつ女の話を始めたのだ。いかに異様な雰囲気の人であるか。如何《いか》に甘い声の持主か。いかに口紅は濃く、髪の毛は黒いか。さだめし数奇な過去を持つ人なのではあるまいか。服装のこと、家のこと、瀬戸の表札は横書きで、万事すすぼけたモダニズムだということ――。

「五十嵐みつ？　なんだか聞いたような名前ねえ」

だが珠美は、こんな話にもさっぱり屈託を解こうとはしないのだった。皿の上を匙《さじ》だけが暫《しば》く動いていたが、突如、珠美の方から口を切ってきた。

「田中さん、貴女は母性についてどういう意見を持ってるの？」

「母性って？」

「母の性と書くのよ」

「子供がなくてもね、女には多かれ少かれある能力でしょう？」

珠美は白い顔をして肯きもしない。下唇を小さく嚙《か》むと、今度は全然別なことを言い出した。

「じゃ、貴女は男の人にぎゅーッと抱きしめられたこと、ない？」

「それと母性とどういう関係があるの？」

愕いて反問しながら文代がぎゅーッとという言葉に籠《こも》っていた実感にうたれていると、珠美は暗い目を一、二度しばたたいて、そして独白《ソリロキー》の堰《せき》を切った。

「三十にもなれば、多かれ少かれ誰にも経験はあることだと思うわ。だから云うんだけど女って感覚に弱いのかなア。いっぱし大学など出てしまって、私なんか自衛用バリケードを幾重も張廻《はりめぐ》らして世の中へ出たつもりだったけど、どう知性で身づくろっても、駄目なものは駄目ね」

鼻の先で自嘲《じちょう》してから、気弱く探るような表情で、

「でも、こう云ったからって曲解しないでね」

と云った。

「大丈夫よ。真面目《まじめ》に聞いてるわ」

平林珠美は云う。女性と母性は相剋《そうこく》するのではないだろうか。女はか弱く、か細く、しかもその弱さ細さを武器とした強靭《きょうじん》な智恵《ちえ》を持つ。が、女の内奥にどでんと腰を据えて時の来るのを待っている母の性は、弱さを退け、細さを叩《たた》き捨てて、武器を持たず身一つの底から湧《わ》く力を抱えているようだ。この二つは、互いに争うことを極力控えている。万一相闘うことがあれば、女性は母性の前で惨殺されるのは自明だからだ。つま

り、女の愛そのものにも両性がある。女性の愛は優雅可憐《ゆうがかれん》な外見の底を小狡《こずる》い打算が流れている。寄りかかる、もたれかかる、頼りとしたい、これらの願いは打算でなくてなんだろう。だが、母性の愛には全く打算がない。無償の行為、これが全てだ。自らの熱と焔《ほのお》で動く恒星の強さだ。他からの光の反映で輝く惑星と、恒星を比較する必要はないけれども、一夜この星が大衝突を来《きた》したなら——。

「女の星は木《こ》ッパ微塵《みじん》よ、ね」

珠美の声は、だんだん乾いてきていた。文代は異常な緊迫感に圧《お》されて身をひきしめて聞いていたが、この観念的な話は、理屈では分るようでいて、実は何のことなのだか、さっぱり分らなかった。ただ一つ、母性という言葉にだけ生々しい実感を覚えたが、それも何故そうなのか分らなかった。

「もっと具体的に話して下さらない？　でないと私、意見の出しようがないわ」

うん、と肯いたが途端に話が一オクターヴ下ってしまったようである。

「つまり私は正田さんみたいに独身主義なんていう子供じみた旗印は立てないということなの。あの人は多分、本当に男の人に愛されたことがないんでしょう。女と男は、ミス・ライエルじゃないけど、結びあうのが自然《ナチユラル》なのだもの。そうでしょう？」

「ええ。でも、結婚は女性でするもの？　母性でするもの？　どっちだと云うわけ？」

「どちらでも。結婚まで行けば文句ないわ」

そうだった。架空の結婚論ほど、文代たちの年齢に味気ない話はないのだった。

二人は、別れ道に出てそれぞれの行く先を離れ離れの心で見守るときのように、疎《まば》らな気持になって、それから随分長い間黙っていた。母性と女性の衝突がどういう時に起るものか、文代は訊いてみたかったけれども控えた。理で詰めようとしたなら、平林珠美は多分、窒息しそうになるに違いないのだ。先夜、正田トモ子や武井麗子が同席の折と矛盾する箇所がないではないが、文代たちの状態で確固不動の結婚観などある筈《はず》がないと思えば、追究できることではなかった。

皿が運び去られ、デザートも終ったあと、文代はコップの水を長くかかって飲みほしたが、呼吸困難に耐えられなくなって、次のスケデュールを提出してしまった。

「映画でも観る？」

「うん、出ましょう」

レシートをひったくって、平林珠美が勘定を払った。

それからの時間潰《じかんつぶ》しは散々だった。観たい映画があるわけではないから、二人は何軒もの映画館の前で立迷い、街路の人波を灼《や》きつくすような暑熱に追われて冷房装置を一《いち》縷《る》の頼みに、中の一つに飛込んだのが予想を外れ、人いきれで終《しま》い湯のようになったぬるくて汚れた空気にうわんと包まれてしまったのである。おまけに舌打ちしたくなるような愚劣な映画だった。ゲラついている周囲に辟易しながら、文代がそっと珠美を窺《うかが》うと、彼女はとうから孤《ひと》りに耽《ふけ》っていたらしく頬《ほお》に白く涙がつたっていた。これでは映画の無聊《ぶりょう》を託《かこ》ちあうこともできない。

スクリーンでは喜劇俳優扮《ふん》するところの色男が、肥《ふと》った年増女《としまおんな》に云いよられて難儀している図がドタバタ繰り展げられていた。

——オオ、マイク！　私は十四歳のときから今日あることを祈り続けていたのですわ。なんて長い歳月だったでしょう！

——長かったですねえ、本当に。僕は貴女のお祈りが始まってから、せめて五年目くらいに会いたかったと思いますよ、ミス・ギャラガー。

満堂の爆笑につられて文代もうっかり唇許《くちもと》を崩したが、すぐ苦笑にすぼめた。ミス・ギャラガーは他人ではない。そんな関係を地下茎と云った珠美は隣にいる。

この喜劇シーンが心から笑えぬように、文代は平林珠美の悲しみを共に泣くこともできなかった。彼女が当面している問題の詳細は遂に分らなかったが、愛情問題あるいはそれに関係ある出来事のために、それも年齢についての苛立《イリテーション》ちが原因して、悩み困《こう》じているということは素振りから容易に臆測《おくそく》できた。同様の生活環境にある文代と共通した問題《プロブレム》ではある。が、文代は同病相憐《あいあわ》れむような惨《みじ》めさは嫌なのだ。女同士、売れ残って同情しあうなどとは、びしょびしょして不潔ではないか。同情から自嘲《じやつき》を惹起することを、事前に文代は避けたのでもあった。

映画館を出ると、文代は事務的な口調で、人に会う約束があるからと云って平林珠美と別れた。わざわざ訪ねて来た人に冷淡かもしれなかったが、文代は相手よりも自分を持て余すのに音を上げたのである。

八木と待合わせる渋谷駅へ、直ぐ出てしまったのは迂闊《うかつ》だった。たっぷりある時間に仕方なく、文代は駅近くのデパートに入った。今日は冷房を追いかけているようなものだ。エレベータで図書販売部へ出た。

土地柄、専門書など揃っている筈がなく、文代は仕事に必要な書籍を見ようと思ったのが果せなかった。当初は腰かけのような気で東京に就職したのであったが、今となっては田舎《いなか》へも帰れず、仕事に本腰を入れるよりないと観念し始めた文代は、最近頓《とみ》に読書欲が旺盛《おうせい》になってきていた。

ふと、このデパートに武井麗子が勤めているのを思い出した。同時に、今日は週日《ウイークデー》で、文代には学校の夏休みだが、すると平林珠美は会社を休んで来たことになると気がついた。麗子を訪ねて相談しようかと咄嗟《とっさ》に思案したのは、しかし揉み消した。日に二人の三十娘に出遭うのは疎《うと》ましい。殊に珠美を処女ではないと云ったもの同士、話の行く先は知れている。ぐるぐる店内を歩きまわろうかと思ったが、もし麗子にばったり出《で》会《くわ》したらと怯《おび》えて、よした。落着きを欠いていると反省して、も一度本の売場に噛《かじ》りついた。雑誌の立読みに対してデパートの図書部は寛大である。文代は売子の思惑を更に無視して読み耽る努力をした。

こんなにして時間を消していた文代にひきかえ、八木信義は約束に十五分も遅れてきた。ただされ癇《かん》の立っている文代が、この屈辱に耐えられたのは不思議である。

「遅いわね」

「床屋で時間がかかって」

八木は済まなそうに笑う。夏の夕《ゆうべ》、刈りたての頭は涼しげだった。が、まるで少年のようにあどけなく見えてしまって、文代には自分より年下なのをまざと知らされた思いが、ひっかかる。

「私はね、映画を観る気がないんだけど、貴方《あなた》はどうしても観たい？」

「どうしても、ということはないけど。また気が変ったんですか、田中先生」

「ええ、嫌なのよ。ゆっくり御飯でも食べることにしない？」

「そうだな」

道玄坂の賑《にぎ》やかな通りを歩き出した。職業上、何時何処《いつどこ》で生徒が見ているかしれないので教員同士連れ立って歩くのには随分気を使うものなのだが、最近この二人は大胆になってきている。

「貴方、何が食べたい？」

「そうだなあ。田中先生は何がいい？」

「先生なんて云うのおよしなさいよ。悲しくなっちゃうわ。私は貴方を教えた覚えはないのに」

「じゃ、なんて呼ぼうか」

「なんとでも」

「文代さん、なんて呼ぶのは照れちゃうし、弱ったな」

八木は本当に照れたし、文代も照れたように小さく笑った。食べものの相談は宙に飛んで、二人の歩速は早まる一方である。商店の並びが疎らになったのに気づいて、ようやく文代は自分を振返ってみた。いい年をして、こんなことでとりのぼせるのは笑止だ。

「八木さん、この先にはもう食べものやさん無いわよ。駅前に戻った方がよくない？」

「ああ」

引返す途中、彼も冷静を取戻すためにか愚にもつかぬ話を始めた。

「鳥料理のうまいところは渋谷にはないな」

「あら貴方、鳥が好きなの？」

「うん、一番口に合うんだ」

「鳥って、ニワトリ？」

「うん、それから本物のヤキトリ。ああそうだ、ヤキトリ食べようか」

「駄目駄目、お酒を飲む気でしょ」

「あれ？　田中先生の御主人になる人は禁酒を誓わなきゃならないのかな？」

「それは別よ。だって飲み屋に入ると、飲めない私なんか所在がなくて困るんだもの」

「ちょっとだけ安心した」

ははあ、小当りに当っているなと感じたが、ここでは文代は黙っていなくてはならない。平林珠美の言葉ではないが、三十になるまでには女なら誰でも多少の差こそあれ異性と何らかの交渉はあって、文代も肉体にこそ痕跡《こんせき》を止《とど》めていないけれども恋愛の経験は二度ならずある。決して波乱万丈とは云えず、豊富な過去とも云えないけれども、文代は今や冷静に八木を診断することも、文代自身の熱度を計ることも出来るようになっている。やたら純粋に愛情を見るとか、感覚の情熱を判別できずに突走るとか、そんなことはもう出来ない。肉体以外のことなら、何だって分るし知っているのだ。

八木は予想通り少々浮立って愚にもつかぬ話をまだ続けている。

「鳥で思いついたけど、鳥が目をつぶるところ見たことある？」

「そりゃ、あるわ」

「瞼《まぶた》をどっちから伏せるか知ってますか」

「どういう意味？」

立止って文代を見下し、目をつぶって、

「ほら、人間は瞼を上から下へ閉じるでしょう？　鳥の場合はどうか」

ぼんやり見上げていると、目を開けた八木の視線と衝突した。

「そりゃア、そりゃア鳥だって動物ですもの、人間と同じでしょ？　ああ違った、上も下と一緒に閉じる。そうだわ、そうでしょ？」

幾分慌てて答えると、八木は笑って首を振る。

「駄目だ。鳥は下から目をつぶるよ」

「まあ、まさか」

「信用しないんだな。生物の先生ですよ、僕は」

「だって、下からだなんて」

「強情だなあ」

ひょっと引懸った。オールドミスに繋《つな》がる言葉だから。八木はそんな気で云ったのではないが、とかく最近の文代には神経の浪費が多すぎる。

丁度《ちょうど》このとき二人は軒並小汚い食物屋の街を歩いていたが、ロシヤ料理を看板にしている一軒の前で八木が立止った。

「ニワトリがいる」

そうだった。その店ではウインドーの中に一羽の鶏を飼っていたのだ。巣籠りして眠っているのを、拳《こぶし》でコンコンとガラスを叩いて起し、彼は文代を振返った。

「ね？」

鶏はものうげに目をあき、二人をぼんやり眺めると、またものうげに目をつぶった、灰色の下瞼を上に閉じて——。

「あら本当だ」

文代も近寄って、コンコンとガラスを叩いてみた。鶏は今度はキッと目を見開いたが、やがて又、煙るように閉じた。すぐ夢に繋るようだ。どこかで見たような目だなと思っていると、

「ここでロシヤ料理食べようか？」

「ロシヤ料理はいいけど、この店は嫌」

「そう？　じゃあ」

二人は又歩き出した。時々、八木が立止って、ここに入ろうか、何々を食べようかと文代の意向を訊《ただ》す。その都度文代は店が混みすぎているとか、その料理は嫌いだとか難癖をつけて素通りした。遂に八木は嘆息して、

「嫌いと好きのはっきりしている人だなあ」

と云ったが、これに又、文代は引懸る。数年も前に年寄りから好き嫌いの激しい女は却《かえ》って貰《もら》い手もないものだと聞いた記憶が甦《よみがえ》ったのだ。が、今度は反撥《はんぱつ》した。八木信義が若《も》し何を食べよう、これに定めたぞという云い方をしたのなら、おそらく文代は今までに従っていたに違いないのだ。彼女ぐらいの貧しい舌で、食物の好悪に絶対的な主

張などある筈がない。

昔の女は表面弱々しくつつましやかだったから男は威張って従え得たのだろうか。現代、女に主体性が出来たからといって男がいじいじする必要は全くないのに、どうして戦後は男の子が気弱くなってしまったのか。食事の選択なんて、ほんの一例だ。何につけてもこういう調子なのは本当にやりきれない。それに文代には、母性が稀薄《きはく》なのか、相手の意向を何時までも優しく手繰《たぐ》る気はないのだった。男はやっぱり強い「男」であってほしい。こんなことを正田トモ子に云ったら、またたちどころにロマンチスト呼ばわりをされることだろうが。

やっと落着いたのは、ずっと奥に入りこんだ店で、やはりロシヤ料理だが構えの清潔なところだった。到頭文代が業を煮やして自分から定めたのだ。メニューもてきぱき、あれとこれと注文した。苛々《いらいら》するのが嫌だったからである。ところが呆《あき》れたことには八木が、僕もそれにする、と云ったのだ。女の言葉なら「同じでいい」もコケットになるかもしれないが、文代はおんぶされているような嫌味を感じた。いったい文代は甘えることも得手ではないが、甘えさせることも下手《へた》な方だ。

前菜のザクスカを二人とも黙って口に運ぶ。しつこさが暑い日の舌には美味だ。やがて弊店自慢という羊肉のミルク煮が出たとき、八木が云い出した。

「田中先生は、どうして今まで結婚しなかったんです?」

愚問だが、順序として彼はどうしてもそこから始めねばならなかったのだろう。もう馴《な》れっこの質問だから、文代は虚心に答えられる。

「理由は挙げればいくらもあるけれど、一言で云えば御縁がなかったのでしょうね、誰方《どなた》とも」

八木信義は、とつおいつ思案を重ねるように問い継ぐ。

「さだめて理想が高いんだろうなあ」

もうオールドミスよ、そんなこと云っちゃいられないわ、とばらがきに云いたいところだったが、文代は抑えた。

「理想なんて。自分も自分だと思っているから格別のことはないのよ。ただねえ、条件が小難しかったものだから」

僕には条件を出さないでくれるか、僕なら条件に適《かな》うだろうか、どんな条件かしらぬが僕はこういう気だが、と、どんな形でも乗れるように言葉に充分気をつかったつもりだった。文代はすっかり場馴れているのだ。この冷静さには決して男を揶揄《やゆ》する気は含まれていないまでも、自分の運命に対して骰子《さいころ》を振るように行き当りばったりな心構えしか持っていないことは自覚できた。文代は、八木夫人になるかどうか突き詰めて考える真摯《しんし》さは失っていた。流れる運ならば乗ろう、そういう気である。結婚を焦る気持は昨年まで確かにあったのに、もう今となっては今年が来年になっても慌てることでなし、独身生活もまたやむをえないかと考えている折からだ。それに八木については、双手《もろて》をあげて歓迎する条件は何一つなかった。年下ではあるし、可愛い顔と文代に好意を持っているという点を除けば、これといって特色のない善良な男に過ぎない。ようやく心に憩の場を求める昨今だから、運は流れているのだろうかと漠然とでも考えるようになっていたのだ。

ところが八木信義は、今やフォークを弄《もてあそ》びながら溜息ともつかぬ調子でこういったものである。

「そうだろうな。一人歩きの出来る女の人は……」

いいえ、私はもう一人で歩くには疲れています、どうぞ救って下さいまし。笑いながらそう云ってみたくてうずうずしたが、文代は次の瞬間男の弱気に腹を立ててしまっていた。全く現代は世智辛《せちがら》くて、身一つも養いかねる時勢なのだから、男が結婚の申込みにフンギリをつけるのは昔より至難だと分りすぎるほど分ってはいても、味気ない話だ。羊肉特有の臭気が鼻を衝いて、急に食欲《しよくよく》が退《ひ》いた。

「女は一人で歩けるか……？　古今東西を通じての大問題ですよ、それは」

「僕、そういう議論は苦手だな」

「実は私もそうなの」

二人とも奇妙な笑い声をたてた。白いスープの中の灰色の肉は突《つ》衝《つ》き廻《まわ》されて、肉に刺さった銀串《ぎんぐし》が皿に当りギチギチと鳴る。

「さっきの鶏で思い出したんだけど、鶏の眼と書いてケイガンと読むの何のことだか知ってる？」

「ケイガン？」

「生物の先生でも知らないでしょ。ウオノメのことなのよ。蹠《あしのうら》に出来るでしょ？　あれの医学的名称なの。酷くなると刳貫《くりぬ》いて手術するのね」

八木は妙な顔をした。話をはぐらかされて不快なのかもしれない。文代は常になく燥《はしや》いできた。

「外国人は靴をはきっぱなしだから大変らしいわ。フランスなんかじゃウオノメ削りって特殊な職業があるくらいですって。血も出さずにきれいに削ってくれるそうよ。患者は靴を磨くように気軽く足を出して削ってもらうんですって。重症の人はやっぱり年寄りでしょうね。一種の年輪と考えられないこともないもの。削る方も年寄りでしょうね。若いなんて考えられない。いろいろな職業があって、それだけいろいろな人生があるのね」

当惑している八木の顔に気づいて、文代は急に可笑《おか》しくなった。声を立てて笑い出した。今朝、五十嵐みつから聞いたばかりの知識なのだった。抑えても続く笑いの中で、ふと下瞼から閉じる目は、物事を正常に見ることが出来るのだろうかと思ったり、それが連想して五十嵐みつの煙った目は鶏に似ていると気がついて、文代は愕然《がくぜん》とした。

　夏休みの間、文代はほとんど毎日五十嵐みつ女史に会った勘定になる。文代が外科医の許に通う時刻が一定しているのに気づいたみつ女が、故意にその時間を選んで鶏眼の治療に通い出したのだ。で、文代は彼女に会えば必ず帰りは肩を貸し、親しくなるにつれて迎えにまで出るようになったのである。

　五十嵐みつを女史と呼ぶのは当っていないかもしれない。普通そう呼ばれている人たち特有のぎすついたところが彼女には全く見られぬからだ。しかし文代がちょっとそう呼んでみたくなったのは彼女が仏文学の翻訳を生業《なりわい》としている有名人だと知ったからだ。もっとも文代は寡聞にして名前を知らなかったが。

「随分、御本があるんですね」

　始めて五十嵐家に上ったとき、文代は感嘆した。が、これは社交辞令で、実は内心呆れ返ったのだ。部屋は高い天井が黒く煤《すす》ぼけ、昔はモダンを誇っていた家具類《ファネチヤ》も、女主人同様に古びて、此処彼処《ここかしこ》に散乱する書籍雑誌の夥《おびただ》しさもさることながら、いったい何年掃除をせずにいるかと訝《いぶか》しみたくなる穢《きたな》さだったのだ。

「どうぞ、そこいらにお掛けになって」

　やむなく文代はソファの上の新聞類を片寄せて腰を下した。周囲は塵《ちり》だらけで動くと埃《ほこり》が舞い立ちそうだ。応接間とも居間ともつかぬ部屋は、後に彼女の仕事部屋も兼ねているると分った。雑然と物の積み重なった大きなデスクには、原稿用紙の端があちこちからはみ出ている。それとなく職業を尋ねると、

「小さな詩を書いていますけれど、それは売りませんの。フランスの小説や童話を訳してね、それでお金を頂いていますのよ、ええ、もう随分長いことになりますわ」

ぽうっと窓の外を眺めてそう云う五十嵐女史を文代もぼんやり見ていたが、渋谷の鶏を思い出して、ドキリとした。似ているのだ。鶏眼の治療半ば、あんまり符号が一致しすぎているが――。下瞼が上に閉じはしないかと文代は本気で女史のまばたきを待った。

鶏眼といえば、手術後の経過は良好だったようである。

「麻酔が切れてから痛いんですのよ。頓服《とんぷく》を嚥《の》んで寝ますけれど、その晩は唸《うな》り続けなの。痛くてねえ。でもおかげさまで、そろそろ新しい皮が出てきましたわ、お見せしましょうか」

文代は思わず逃げ腰になったが、五十嵐みつは悠然と摩利支天半跏像《まりしてんはんかぞう》のように片足をあげて胡坐《あぐら》をかいた。ギャザの多いリップルのスカートがめくれて、薄汚れた下着が見えたときには文代は目をつぶった。そんな相手に頓着しない摩利支天は自分も興味津々《きょうみしんしん》といった調子で繃帯を解《ほど》き始める。

「田中さん、ほら、ごらんになってよ、ほら」

ごらんになってよ、なんて言葉で公開する代物《しろもの》じゃないと可笑しく、それで気が楽になって文代は覗《のぞ》きこんで、見てしまった。

中指のつけ根から三センチ離れたところが創痕《そうこん》で、マーキュロで紅生姜《べにしょうが》のように染められた蹠の中で、そこだけ五十円玉くらいの皮の浮上っているのが分る。五十嵐みつは指先で叩いたり擦《こす》ったりしながら文代を振仰ぐと、にんまり笑った。

「もう痛くもなんともありませんわ」

文代は馬鹿馬鹿しくなってしまった。というのは、この日も女史は今まで同様、文代に腕をとられ足をひきずって帰ったのだ。思わず深く呼吸をすると、ツーンと悪臭が鼻を衝いた。おや？　注意すると、それは五十嵐みつの着ている煉瓦色《れんがいろ》のブラウスから立昇っているのだと分った。汗とも垢《あか》とも香水ともつかぬ、多分その全部が入り混ったような臭《にお》いだ。よく見れば衿《えり》の汚れの酷いこと。この人は不潔に対して不感症なのではないか。

「もうお風呂にもおはいりになれますね」

遠廻しに云ってみた。

「そうねえ、でも遠くて大儀だから」

変な云い方だと思ったが理由はこうなのだった。つまり五十嵐女史は親類の家で入浴する習慣だというのである。

「実兄が貿易商で羽ぶりが大層よろしいんですの。ボイラーのバスで、綺麗《きれい》ですからちょっと遠いけれどそうしてますのよ」

「どちらです？」

「五反田《ごたんだ》でございます」

冗談ではない。これは余程変った人だと文代は感服した。杉並の方南町から品川区五反田まで遠いにも程がある。呆れてつくづくと汚い衿足を見たが、見かねた。

「富士の湯へいらしたら。つい目と鼻ですのに」

「そうですわねえ」

「また直ぐ右足の手術をなさるんでしょう？　そしたら、また入れなくなりますわ」

「ええ、でも、なんだか」

文代はじりじりして、なんでもかんでも五十嵐みつを洗わねばならぬという気になって、遂に「なんなら御一緒に」と申出てしまったものだ。するとみつ女は目を輝かせて、

「まあ本当に？　嬉《うれ》しいわ、じゃア、きっとね？」

と、胸で手を合わせた。文代はこの華やかな身振りに当惑しながら、夕刻誘いに来るという約束を堅く堅くしていたのであった。

さてその夕刻、銭湯に出かけると文代は直ぐに後悔した。脱衣場の人々は五十嵐みつの風態をじろじろと観るのだ。しかし当人は脱いだものの汚れや衆人の注目に一向無関

心で素裸になると、彼女の連れと見られまいと咄嗟に隅の方へ離れた文代を振返り、

「田中さん、さあ参りましょう」

と声をかけた。

浴場は適当に空《す》いていた。観念した文代は五十嵐みつと並んでカランの前に坐ったが、そうしてみると彼女には腋臭《わきが》のあることもはっきりした。が、もう今更慌てることはない。大きな乳房がだらしなく垂れている胸許を見ないように、さっさと陸湯《おかゆ》をかぶって浴槽に浸ろうと立上った。

「お待ちになってね、アタクシも御一緒に」

洗うときが又大変だった。金盥《かなだらい》に汲《く》みこんだ湯は直ぐ色を変えて、積り積った汗と脂でどろどろになってしまったのである。下手で躰《からだ》を洗っている人達の前をその穢汁《えじゅう》が無遠慮に流されるのを、文代は自分のことのように恥かしく思ったが、当の五十嵐女史は悠々たるもので、タオルに石鹼《せっけん》を塗っては躰を緩慢にこすっている。文代は人が傍《そば》でのろのろしているのには耐えられない性分だから、自分が洗い終ると到頭おせっかいを焼きたくなって、スポンジに存分石鹼を含ませると、お流ししましょうとみつ女の背後に廻った。

「あ、あ、あ」

その途端に五十嵐女史は、とんでもない悲鳴をあげて飛びのいたのだ。のろりのろり

と躰をこすっていたのとは別人のように、もろに三尺は飛び離れた。目を瞠《みは》っている周囲のおかみさん連に気を使いながら、文代は理由が分るようにも思えた。

「ご免あそばせね、結構でございますわ。アタクシ自分で洗います」

憮然《ぶぜん》として文代は引退《ひきさが》り、スポンジは取敢えず洗面用具を洗うのに使った。アルミ容器がピカピカになっても、まだ五十嵐女史は洗い終らない。文代は今度は一人で浴槽に沈んだ。

そうそう長く漬ってもいられないから、やがて文代が茹《ゆ》で蛸《だこ》になって上ってくると、みつ女は顔を洗ったところらしく前の鏡に向って何度も何度も顔中を撫廻《なでまわ》している。皺《しわ》取《と》りクリームだろうか、たっぷり掌《てのひら》にとって、目のまわり、額から頬へマッサージしながら、何度も手を止めて鏡の中に見惚《みと》れている。美人に生れつかなかった文代は、これまでついぞ念入りに鏡をのぞいたことがなかったから、五十嵐女史の動作を見て、この人は若いころよほど美しかったに違いないと思った。

湯にのぼせたか、文代は暫くぼんやりしていたが、我に返ると慌てて櫛《くし》を取上げ、髪を梳《す》きにかかった。昨日洗ったばかり、櫛目はよく通る。だが五十嵐女史に心中立てして洗髪で歩調を合わせるつもりになったのだった。洗面器に湯を汲入れてから、ふと隣を見て、文代は腰を抜かした。

五十嵐みつは口紅をつけ始めていた。

下町の銭湯では芸者が衿白粉《えりおしろい》を塗る風景も見られようが、誰が風呂の中で口紅をさすだろう。文代は凝然と鏡の中の五十嵐女史を見てしまったのであった。彼女は、茶色に老いた唇にたっぷりと牡丹色《ぼたんいろ》の紅を塗りつけ、薬指の先でぎゅっぎゅっと擦りこみ、やがて胸を反らし唇をすぼめて鏡の中の自分の容姿に見惚れている。

ずぼん、と思い切り勢よく文代は洗面器に頭を突込んだ。気分では冷水に漬けたいところだ。

「あら、おつむお洗いになるの？　アタクシも洗おうかしら」

みつはそう云うと、やおら立上って浴槽の方に行ったようだ。多分白鳥やゴンドラのペンキ絵を感心して眺めることだろう。文代が髪を簡単に洗い上げて濯《すす》ぎにかかった頃、戻ってきた。

「田中さん、櫛を拝借ね」

仰天しても間に合わなかった。返事を待たずに五十嵐みつは髪を梳きにかかったのだ。漆黒《しっこく》の髪の毛は肌以上に汚れているに違いない。実際、彼女の首筋には黒い汗が垂れ始めていた。

大声を揚げたいのを抑えて、文代は桶《おけ》に湯を何杯も汲みこみ、みつ女にサーヴィスして早いところ櫛を返してもらおうとしたとき、何事が起ったのか突然、彼女は立ち上った。そして驚くべき早さで金盥を抱えると櫛をさしたまま、おろおろ、おろおろし始めたのだ。地震嫌いが大地震に遭ったような慌て方である。文代も吃驚《びっくり》して周囲を見廻した。

戦前の風習が漸《ようや》く近頃復活して、湯屋に三助が出るようになっていた。丁度このとき、この銭湯の三助が客に呼ばれて文代たちのすぐ後に来ていたのだ。原因をそれと了解したとき、すでに五十嵐みつの姿はなかった。

櫛のないのに難渋しながら、運よく短い髪を、どうにか拭《ふ》きあげて脱衣場に上ると、もうそこにも五十嵐女史の姿は見えなかった――。

こんなことからも文代は、五十嵐みつは処女に違いないという信念を深めた。あまり気味の良い話ではないが、もう銭湯などに金輪際同行するまいと決心すれば、まずまず交際は続けられる。それに彼女は右足の鶏眼を翌日すぐに手術したし、そうなればやっぱり文代は必要がられたのだ。また五十嵐家の大きな書棚も魅力だった。偏った勉強しかしてない文代は、この機会に大いに読書に励もうと思った。一度も洋行はしなかったようだが、五十嵐みつは実によく西欧の事情に通暁していた。異様な生活の反面、彼女は学者ではあった。そういう方では実に理の通った解説をしてくれる。

だが、そろそろ夏休みは終りかけていた。文代の財政では何時までもヴィタミン注射は続けかねたし、学校が始まってしまえばこうのべつに五十嵐みつを訪ねることも出来ないなどと思いかけたある日、文代はふと例の雑々然たる机の上に書きさしの原稿用紙を発見した。

フランス文学の翻訳かと思い、大して気にも止めずに字面を目で撫でて、それが詩形なのに気付いた。小さな詩を書いていますけれど……。たしか五十嵐みつはそんなことを云ったように思う。どんな詩か、興味を抱《いだ》いて読んだ。

清らにも
きみ待ちています　われ
夏の陽に肌さらすまじ
冽らにも
きみ待ちています　われ
秋風に肌あらすまじ
聖らにも
きみ待ちています　われ
冬の夜は肌あたためて
きよらにも
きみ待ちています　われ

ああ春こそは　遠からじ

即興の書き流しか、悪戯書《いたずらが》きか、それにしても拙劣だと文代は思った。詩は売らない……たしかにそんなことも云ったようだが、これでは売りたくても売れまい。可笑しく思ったが、四節の冒頭が「きよらにも」で揃えてあるのが引っかかった。

初対面の折から、どうも気懸りであったことである。それは五十嵐みつ女史は処女なのではないかということである。富士の湯での一件といい、おそらくそうであろうと思えはするが、どうにかして確かめておきたかった。他山の石とするだけの下心がはっきりあるわけではなく、みつ女のべたべたした情趣の奥に強靭なものが潜んでいるようで、それは是非学んでおきたいと考えていたのだ。

「ああら、何をごらんになっていらっしゃるの？」

幸か不幸か、このとき五十嵐女史が原稿を手にしている文代の背後から声をかけた。近くの菓子屋からアイスクリームが届いたのを受取ってきたのだ。

溶けかかりの甘すぎるアイスクリームを口に運びながら、到頭文代は思いきって訊いた。詩を話の糸口にして、しかし露骨には尋ねかねて、婉曲《えんきょく》にもってまわるうち腋の下には冷汗をかいていた。

始めはキョトンとしていた五十嵐みつは、間もなく質問の本当の意味を理解したようである。顔色をうかがって凍りついている文代に、こともなげに云い放った。

「ああ、そのことなら、アタクシは処女よ」

鉄槌《てつつい》が打下され、脳味噌《のうみそ》がジャボンと音を立てた。どう挨拶してそれに答え、なんと云ってみつ女の許を辞したものか文代の記憶にはない。倉皇《そうこう》として下宿に帰る道で、文代は期待したとおりの答えを聞いて何故こんなに取乱したかと、わけがわからなかった。

休みの始め頃に気まずい別れ方をした八木信義は、その後やはり同僚の若い女教師と親密になった模様である。新学期が始まって職員室で顔を合わすと、眩しそうな表情になるので文代の方が気の毒になってしまった。恋人と廊下で立話したり、それとなく待ちあわせて帰るのにも、文代の目を避けている。

ちっとも遠慮することはないのに。

ある週刊雑誌が御親切にも統計したところでは、東京都の男性女性のパーセンテイジは、ぐっと女の方が多くて、たしか未婚の女性二十五歳から三十歳まで各年齢ごとに四万から十万ずつ余っている勘定になるのだそうだ。三十前後の女は、それに釣合う年齢層の男子が多く戦死している影響とかで、全くのあぶれ方なんだそうだ。

八木さん、よりどりみどりじゃないの。堂々とおやんなさいよ。

励ましてあげたい。二カ月続けたヴィタミン注射の効験《こうげん》か、文代は気分が実に爽快なのだった。或《ある》いは五十嵐みつとの交際で、文代は処女性の真価を思い知り、もやもやが吹っ切れていたのかもしれない。若さを伴わぬ処女性には、何の価値もありはしない。やむなく独身でいることと、処女性への奇妙な信仰とをごちゃまぜにしては末に行って大きく間違う。信仰に取りすがらずに現実をしっかり見て、それで言い訳《エクスキューズ》のない生き方をしていれば、何も劣等感にはなりはしない。文代はそう悟れたようである。

この発見というか、安心立命《あんじんりゅうめい》の快感《エクスタシー》を、正田トモ子にも頒《わ》けたいと思っていると、ある日突然、彼女の方から夜遅く文代を下宿に訪ねてきた。近くに装幀家《そうていか》がいて、仕事の打ちあわせをした後だという。

「ミス・ライエルに手紙を貰ってね、貴女によろしくってことだったから見せに来たわ」

「まあ手紙が？」

「私から出したのよ。その返事みたいなものなの。例の独身主義の一件が心残りだったから手紙出しといたの」

トモ子が手渡した一葉の写真は、ライエル先生が洋服の上に振袖《ふりそで》を羽織って、例の笊《ざる》の一つを頭に冠《かぶ》り、笑って立っているスナップだった。

「で？　なんて返事だったの」

「返事がそれよ、裏に書いてるわ」

口をとがらせて頤《あご》で写真をしゃくる。急いで返してみると、大きな書き文字が数行、

親愛なるミス・ショーダ、お手紙をありがとう。
日本における様々の記憶は何時までも消え去ることなく私の心を温めています。帰国早々ジャパニーズ・デーを開いて近隣の人々を饗応《きようおう》しました。美しいキモノは最も人々の賞讃《しようさん》を浴び、かわいい三つの笊は最も人々から愛《め》でられました。では、常に貴女と共に。ミス・タナカによろしく。コンスタンス・ライエル
重大な質問に関して全く触れていないのだから、正田トモ子が唇を突き出したのも無理はなかった。文代も期待を外されて落胆したが、もう一度写真を見て、画面一杯に漲《みなぎ》っているミス・ライエルの笑顔を見るうちに考えが変ってきた。
アメリカでは独身女性の歴史が長いので、それが極めて特殊なことだなどと彼女たちは考えていないのではないか。この文代の当て推量が誤ったものであるにしても、尠《すく》なくともミス・ライエルならば貴女は処女かと問われて、
アタクシは、ショジョよ。
などと事々しく答えはしないだろう。アイゼンハワーと同い年だと胸を張って答えたライエル先生をまざまざと思い出して、文代は一人肯くことがあった。自然以上に大き

な自然、そのためには自然以上の努力がいる——確かミス・ライエルはそう結論していたが、その意味がやっと文代には判《わか》ったのだ。どう考えてみたところで、文代自身は四万から十万という余剰の一人であるというのは動かせない事実なのだということ。自然以上のものとは、身近に云えば「女は余っている」という現象ずばりだということが。

それを、正田トモ子が同じように理解するかどうか心許なかったが、文代は順序として五十嵐みつ女史について語り、その感想に併せて彼女に説明をしようと考えた。だが残念ながら文代の話し下手にトモ子は一向興味を起さず、話半ばで手を振って、聞くも身の汚れとばかりに、

「なによ、それ、色情魔じゃない？」

はあ、そういうドギツイ表現法もあったかと文代は感心して、話したいと思ったことは動機もろともうっちゃることにきめた。すると今度はトモ子の方から身をのり出してきた。

「蹠《あしのうら》の話なら、楠本さんの後日譚《ごじつたん》だわよ、断然。二週間ばかり前に又会ったの」

「あ、芸者になった人？　どうだった？」

やはり偶然の出会いで、新橋駅を出たところでばったり顔を合わせた。「楠本さん」今度はトモ子の方から声をかけた。「あら、正田さん、しばらくねえ」

していた。

「いつぞやは」と、にやにやして頭を下げる楠本みよかをすす早く観察してトモ子は失望

トモ子にとって、みよかと渋谷で飲んだ思い出は単に袖をすり違えた以上のものがあった。思い返せば、あの時の二人は、今で云えば決して婚期を逸した年齢とは云えない二十五歳の若さだったのだが、しかし、この頃では歴《れつき》とした売れ残りであったのである。ここ数年の間に世間の通り相場は結婚適齢期にまで変動を来している。「女は余っている」「そうだ私たちは余剰だ」と飲んで喚《わめ》いたのは、しかしまだ余裕のあったせいか。今日、トモ子も楠本みよかも三十に手が届いている。

これまでにトモ子は折にふれみよかを想《おも》い出していた。女幇間《おんなほうかん》は健在だろうか。もうイタについた座敷着で、警句を飛ばして人気を呼び、派手な金廻りで妹にも肩身をせまくせずにいられるようになっただろうか。さされた酒を受けて酔って、蹠の痒《かゆ》みはどうして抑えているだろうか。微笑も浮べて、トモ子は温かく彼女を追憶していた。それは、男の社会に割って入って編集者というかなり激しい仕事をしているトモ子が、男に負けまいと勝気を表立てて働く日々の間隙《かんげき》に、ふと憩のように心に浮ぶ記憶でもあった。女が女であることを利用して働く職業を、トモ子は早くから賤業《せんぎよう》とは思わなくなっていた。

それが、トモ子は失望したのだ。座敷着が板についたかと想像していたのは幻滅だっ

た。盛夏、着物を着るには無理な午後ではあったが、みよかの洋装はふるいすぎていた。白い筈のナイロンブラウスは汗に濡《ぬ》れて肌にはりつき、ファッションは泣きの涙である。黒と黄色のプリントのスカートは派手が過ぎて腰をいぎたなく強調してみせていた。みよかは肥っていた。近年ますます痩せて、鏡の前で吐息をつく昨今のトモ子は、みよかの肩からむき出た二の腕の豊かさを、しかし太陽の明るさには遠い夜光塗料の煌《きら》めきのように眩しく感じた。

どちらからとなく、この前と同様に肩を並べて歩いて、「お酒飲む?」「うん、飲もう」と、銀座の裏通りへ出ると、今度もみよかの案内で、とあるバアへ入った。夕刻にはちょっと間のある時刻で店の中はガランとしていたが、窓のシェードは常時下してあるので暗かった。冷房の程よくきいた室内で、二人は一番奥のソファに斜め向いで腰を下した。「ジンフィーズ」同じものを頼んだ。

レモンの酸味が利いた酒は喉《のど》にひやりと快くて、しばらく双方コップを見詰めて黙っていた。その後どうなったか訊き出すのは控えねばならぬようであり、そんな白々しい遠慮が却ってこだわりすぎて相手を傷つけることにもなろうかとトモ子は迷って、「ジンフィーズでも痒くなる?」と、当りさわりのないところを糸口にした。「ああ蹠のこと? あれはもう、すっかり有名になっちゃって」みよかは屈託なく笑った。のけぞると胸許が大きく揺れ、ブラウスには乳の下に横皺が入っているのが見える。もう年増ぶとりの類《たぐい》だろうかと、トモ子は、この前の何処かおどおどしながら強がっていた様子と思い較べて、私も年をとったが、この人は私以上にとった年をふうてん気取りの煙幕で隠しているのではないかと思った。「大分お酒は強くなったんだけどねえ、あの癖ばかりは改まんないわよ。どの程度飲めば搔《か》くか分ったもんで、お客が酔わせたがって仕様がない。えらいこってすわ」とふざけて、「も一つ頂だいな、ジンフィーズ」と景気よく呶鳴《どな》った。

「変なことを云うけど楠本さんの学生時代の記憶って、あまりないのよ。たった一つ、前にも云ったけどアシノウラが一番敏感だと云ったことだけ妙に頭にこびりついてたわ」「そう？　そんなこと云ったかしらね」「学生の頃から飲んでた？」「まさか。芸者は座敷以外で飲むような無駄は滅多にしないもの。私の蹠はお酒で痒くなる他に、一番変化に対して敏感なのよ。寒いと蹠から風邪《かぜ》をひくし、暑いと火照《ほて》って歩けなくなるし、病気の予報は蹠がするの。それでね、信仰と云っては変だけれど、私はアシノウラを信仰しているの」「どういうこと？」「つまりね、蹠に異和感があったら行動を批判してみるの。女子大を受けたとき、必ず合格していると確信したわよ、蹠で」「ふーん」えらく穢い神秘性だと思いながら相槌を打って、やがて同窓の誰彼で画家として作家としてデビューした人たちの噂ばなしに入ったが、するうちトモ子はみよかがひどく世間と没交渉で新聞にもろくろく目を通さないらしいのに気づいてきた。

もたもたした会話にトモ子がもどかしくじれてくると、思いは同じだったらしく、「ええい、正田さんは聞きたくないの？　私の幇間芸者後日譚を」と、みよかの方から切出してきた。

くうっと一息にコップを空けて、また新しいのを一杯注文してから、「駄目だったわよ」と云う。「え？」と怯《ひる》むのに追いかぶせて、「見事にお茶をひいちゃった。売れなかったわ」無作法に手を出してトモ子のジンフィーズも飲んでしまい、バーテンに向って「おかわり、こちらも」と云ったが、流石にトモ子の表情に気兼ねしたのか静かな口調に戻って、

「妹のこと話したでしょ？　あれから一度大金持に落籍されてね、三年近く二号に納って、また近年返り咲いたわ。相変らず旺《さか》んなるものよ。ね、美貌《びぼう》は花柳界では殊に財産なの。その上妹は芸者屋で育って芸者に必要な教養に磨きをかけたわ。商品価値は多大よ。ところで私はサ、ショオヒンカチなんて言葉を知ってる女学者でサ、その世界で何の取柄も持たなかったのよ。

幇間芸者だなんて甘い夢ね、女子大生の。若い女の利口ぶった座の取持ちに遭うと男は鼻白んじゃって駄目なの。若ければ別のものが要求される。ところで私は別の物を何一つ持ってなかった。昔は名妓《めいぎ》と政治家の交渉などもあって、芸者にいっぱしの論客がいたようだけど、語り草ね。そんな時代は過ぎちゃってた。私の知識は役立つどころか

嫌味で鼻持ちなんなかったらしいわ。

ごめんなさい、飲むけど心配しないでね」と泣き顔で、ウィスキー・ダブルを注文した口で、残りのジンフィーズを呷《あお》り、「寝てやろうってお客もなかったのよ、一人も」と、息を吐いた。

言葉をなくしているトモ子の視線を眩しそうに、しばらくコップの中の細い氷片をカチャカチャ鳴らしていたが、「お茶をひいた芸者のみじめさ加減は口で云っても分ってもらえないと思うわ。母さんも妹も抱えの妓《こ》たちも、通いの芸者も、黙って着更《きが》えて着飾って出て行くのを、私は坐って見ていなくちゃならなかった。誰も何も云わない。でも腹の底の意地悪さは面罵《めんば》されるより辛《つら》かった。親も兄弟も無い世界が見えたわ。表だって馬鹿にする猫の方がまだ耐えられたわ。芸者になろうと決心したとき、もとより幇間は口実のつもりで、女子大生的な見栄《みえ》も外聞も捨てた気だったのに、売れずに家にいてふりの口がかかりはしないか電話の前で待っている気持のひしゃげたことって……。死にたかったわ、死ねなかったけど。死ぬに死ねない生半可な苦悩ですからね。私はねえ、正田さん、一時はどんな客でもいい、冗談にでもお茶屋さんから水揚げの話がこないかって思い詰めて待ったことがあったのよ。貴女に会った夜は芸者になる決心をした自己嫌悪をなんとか洗い落したかった。でも、そんな将来を夢みてはいけなかったわ。子供じみてたけど、清く躰を持して、なんて思ってたの。それで願いどおり清く躰を持して、私はその清さを持て余して泣いたんだわ。処女の恰好悪さ、によ」

処女の恰好悪さという言葉は、トモ子の胸に真正面から突き刺さった。息が止らぬように、無理をしても口を利かねば救われなかった。かすれた声で、トモ子は間抜けた内容をかまわず云った。「教員免許はとったんでしょ？　先生にでもなんでも、別の職業につけばよかったのに」

「先生にイ？」みよかは大仰に受けて「まさか」と笑ったが、それで落着きを取戻したのか急に生真面目《きまじめ》に表情をすぼめて、「私は芸者の子だったのよ。女子大で西鶴《さいかく》以下の江戸文学を耽読《たんどく》したのは偶然ではなかったわ。私には興味があったわ。小さい頃から家の中で交わされる会話を私は無感覚で聞いたつもりだったけれども、実は知らぬ間に耳から入って躰の中に沈澱《ちんでん》していたのね。芸者になる勉強はしなかったけど、先生や普通の勤め人になれる生活ではなかったんだわ。結局、親も私も、私の教育を誤ったの」

トモ子が遠慮がちに、で今は何をしているのかと問いかけたとき、急にみよかは靴の踵《かかと》で床を叩いて、立上ると眉を下げてみせ、「痒くなっちゃった。ご免なさいね正田さん」と云いざま靴を脱いで、ソファに深く坐るとスカートを捲《まく》ってガーターを外し、ストッキングを脱ぎ下した。その様子が、今日は滑稽《こっけい》には見えなかった。どぎつく彩色された爪《つめ》がボリボリと蹠を掻く。薄紫色のシュミーズの裾《すそ》レースがその都度揺ぐ。息を詰めて一心不乱に掻いているみよかに、トモ子は涙がこぼれそうで閉口した。「お冷《ひや》頂だい」

運ばれた水を、みよかも渇いていたのか飲んで、やっと痒みから解放されたか顔を上げて、「芸者はやめました、そんなわけで」と語り継いだ。「でも御覧のとおりよ、どうせ素ッ堅気になんか、なれるもんか」と展げてから、「どうしたと思う」とトモ子の顔をのぞく。聞き手はすっかり日頃の精彩を欠いて、ただ当惑している。

「あ、思い出した。思い出したわ。渋谷で正田さんに会ったとき、私が妹と違って不容貌だから親が不憫《ふびん》がって豪勢な支度をしてくれたんだと云ったら、貴女ったら、そんなことない、むしろ男好きのする顔だって云ってくれたわね。……芸者やめて、銀座へ出たわ。バアの女給さんです。そして私は自分が男好きのする女だってこと認識したの。花柳界と違って、ここでは女の動きがストレイトに相手に通じるのよ。貴女には分らないだろうな、お嬢さんなんでしょ、正田さんは、まだ」

辱《はずか》しめられたような錯覚でトモ子が舌をもつらせていると、みよかは頓着なく、「男から男へ移ってサ、面白いって云うより痛快だったわ。どうせ美人じゃなし、将来なんて考えもせずに始めてるんだから大したことはなかったし、今も大したことはなし、滅《め》茶滅茶《ちゃめちゃ》。どう？　女子大学出の転落の詩集よ。正田さんとこで出版しない？　ふん、女子大か。知性や教養は私には無縁だったわ。校庭《キャンパス》を素通りしてしまったわ」完全に酔っているのだった。もう片方のストッキングを、ひょろりと腰を浮かして脱いで、アシノウラに赤い爪を当てた。

トモ子はもうその姿からは目をそむけたかった。ずっと昔の学生食堂《キャフテリヤ》でのことを思い出していた。あのとき楠本みよかが「それはアシノウラよ」と云ったのを彼女が今も鮮烈に記憶しているというのは、既にそのとき二人の今日を宿命づけていたのかもしれない。自分を老嬢に追込む妙な潔癖を既にトモ子は学生時代に持っていたのだろうか。そしてあの官能的な言葉をスパリと云ってのけて他の学生を一瞬煙《けむ》に巻いた楠本みよかにも、やはりあの頃から今日が胚胎《はいたい》していたのだろう。ソファのひじにつくねたナイロンのストッキングが、頭上の換気装置から吹く人工の風を受けて、ふよふよと頼りなく呼吸していた。……

正田トモ子の話術は近頃とみに磨きがかかったようだ。ひどく滑稽な話をぞっとするように聞かせる手練《てだれ》は相当なものである。文代は溜息をついた。するとトモ子も同じように深い息を吐いて、

「かなわないわよ、近頃は。こんな目にばっかり遭う。楠本さんの前には平林さんにさんざんやられちゃうし。処女だったたって悪かないでしょうって叫びたいわよ、ほんとに」

「平林さん？　貴女も会ったの？」

「うん一月も前だったかな。なんでも滅茶滅茶に暑い日だった。突然うちの社へやってきてサ、その晩は私のアパートへ来て泊ったのよ」

聞けば、どうも文代の下宿へ訪ねて来たのと同じ日のことらしい。では、あれから珠美は神田のS出版社まで足を伸したのか。

「全く異常なのよ。ミス・ライエルの送別会の晩とは大違いなの。何しろ大変な気焔《きえん》でね。貴女は男に抱かれたことがあるか、なんて訊くのよ。流石の私も参っちゃって温和《おとな》しいものだったわよ。……肉体に打たれた刻印は心のよりも消えにくい、なんてことを口走っちゃってサ。正田さんは偉そうなことを云うけれど何もまだ知らないんだろうってね。面目ないけど私は一言もなくって、彼女一人で一晩中オダの上げ続け。おかげで私は翌日眠かったの、なんのって」

文代には腑《ふ》に落ちないことがあった。何故なら平林珠美は文代と昼食、映画を共にした折に多少平静を欠いていても、それほど滅茶苦茶ではなかったからだ。トモ子一流の誇大な話術によるものかと思ったり、或いはトモ子と性格が反撥しあって、そんなことになってしまったものかと考えた。

「私のときも少々はおかしかったけど……」

「でしょう？　なのに平林さんてばサ、田中さんも痩せてオールドミス然としてきた、なんて当り散らしてたわよ」

「……そう」

「全く勇ましいの。私はすっかりいかれちゃって処女の劣等感にうずくまってたんだ」

「……どうしたのかしらね、平林さんは……」

「ヒステリーでしょ、ほら、例のサ」

けろりとしてトモ子は立上った。夜はすっかり更けていたが、泊る気かと思っていたのに帰るのだと云う。おそらく泊る気でいたものが話題の圧迫感で泊れなくなったのだろう。文代は強いて止めなかった。

田中さんも痩せてオールドミス然としてきた……珠美も酷いことを云う……。それをざっくり伝えたトモ子も心ない女だ……。この言葉を文代は当分の間忘れることはできないだろう。

残暑が厳しく、冷気がその夜は一度も訪れなかった。秋の暴れ蚊が唸り続けている。

# 第六章　マリアの連禱《れんとう》

家相とか方角とか、仏滅や友引など易や迷信を田中文代は身を入れて考えたことはこれまで全くなかったが、どうも近頃しきりと感じるのは、この下宿に移って以来、珍客の絶え間がないということである。どうしたって交通の便のいいところではないから、頻繁に人が現れるようになった理由は何か神秘めいたものより他に考えつかない。前の三カ所の下宿には男友だちが最初出入りしたことがあった以外は女子大時代の親友でも訪ねて来たことはなかったのだった。それが平林珠美という美しいのが姿を一度見せて以来、五十嵐女史も上りこむようになったし、つい先の晩には正田トモ子までやってきた。教え子もちょくちょく、「先生、こんにちは」と顔を出す。ともすれば乾燥してくる独り暮しに、この変化《バリエーション》はしかし快かった。

と、ある日、また珍客があった。思いがけず倉賀野祐子が和服姿美々しく立現れたのである。

「すっかり御無沙汰《ごぶさた》していたでしょう？　今日はドライヴの帰りなのよ。なつかしくなったから青梅《おうめ》街道で降して貰《もら》ったの」

およそドライヴなどという爽快《そうかい》なリクリエーションに相応《ふさわ》しい身なりとは思えなかった。漆《うるし》の羽織をぞべりと着て、指に嵌《は》めた宝石を弄《もてあそ》びながら倉賀野祐子はそう云《い》うのだ。

「お家にいらっしゃるかしら、と思ってたんだけど、よかったわ」

「丁度《ちょうど》学期末試験が終ったばかりなの」

「あ、お点つけしてらしたの？」

採点も学籍簿の整理もざっと終ったところであった。午過《ひるす》ぎから買物に出ようかと思っていた文代は、すでに部屋の中も片付け了《お》えていた。独り居の下宿住いといっても、もう文代の年になれば必要なものは一応全部揃《そろ》っていて、教え子の卒業の度に贈られた人形や壁かけなど彩りも賑《にぎ》やかだから、祐子を客に迎えるにもさして殺風景な部屋ではなかったが、昔から金目のかかったものを誇らかに身につける趣味のあった祐子の装いは、この日更に色濃くて、見れば見るほど豪華であった。金線の織り込んだ厚手のお召の着物、西陣織りの帯、それに赤漆の羽織とくれば、やたらピカピカして文代はめくるめくような思いだった。

「ドライヴだなんて凄《すご》いわね、誰と？」

「醍醐がね、今こちらに来ているの。彼、運転できるものだから私が伯父《おじ》の車を借りたの。一緒に寄ろうと思ったんだけど、貴女《あなた》がいらっしゃるかどうか……、それに五時からの学会に醍醐は出席しなきゃならなくて」

「あら、お会いしたかったのに。残念だわ」

「ええ、醍醐もよろしくって云ってたわ。私たちね、大変長びいたけど、春に結婚できそうなの」

にっこりと笑うのに、ああこれが云いたくて寄ったのだなと文代は、もう羨望《せんぼう》も嫉妬《しっと》もなく坦懐《たんかい》な気分で祝福できた。全く長びいたものである。

「よかったわねえ。ほんとはどうなることかと思っていたのよ。だってあんまり長期に亘《わた》ったでしょう？　間に事件も起ったようだし」

「御心配かけたわ。でも私たち精神的には何時《いつ》でも大丈夫だったわ。二人の愛は育ちこそすれ凋《しぼ》んだり消えたりする性質のものではなかったのよ。でも、田中さんのおっしゃるとおりよ、いろいろな事があったわ。ただね、その度に互いの愛を確認していたの」

どうも翻訳臭い言葉で、文代は「愛は」と語られることに抵抗を感じるのだが、たった一度もそんな愛を知らずに来た自分には批評する資格がないと思っていた。それにしても醍醐公彦という男は、よほど魅力があるに違いない。美男で、頭がよく、将来有望で、情に厚く、しかも家柄がよくて資産家でもあるとしたら、まったく理想的だ。一度でいい、拝顔の栄に浴したいと思った。

「ええ、年内は東京にいるの。一度久々で皆さんにお集り頂くわ。私、貴女には御無沙汰していたけれど武井さんたちにはこの頃よくお目にかかっているのよ。ねえ、是非私のところで忘年会をして頂くわ。醍醐との婚約発表は京都でだったから皆さんにお集り頂けなかったし」

文代も乗気になって、朋枝は結婚以来全く疎遠になってしまったが、あとは誰も独身ならどうでも日時の都合がつくし、もう祐子の幸福から自分たちの不幸を割出す気は誰にもなくなっているだろうから、醍醐公彦を見る興味だけでも皆集る気になるに違いないと思った。

「賛成だわ。正田さんも喜ぶわよ。実はこの間彼女も私を訪ねてきてくれて……」

文代が語り出したが相槌《あいづち》をうつ祐子の方が遥《はる》かに彼女たちの近況を知っていて、語り手の方が驚くくらいだった。それで立場が逆になって文代の方から瀬見薫や正田トモ子がごく最近に見合をしたということを聞き出してしまった。どれも祐子が仲立ちである。薫はともかくとして、独身宣言をしたばかりのトモ子が祐子の手引きとはいえ見合などをしたのかと思うと、文代は開いた口がふさがらなかったが、その話のあとで祐子は膝《ひざ》をのり出してきて、

「それでね、今日は貴女にお話があって来たのよ」

と、ドライヴ帰りの思いつきではない様子である。

縁談だった。今の今、正田トモ子が見合などと……と噴飯ものに思った矢先、これは文代には皮肉でしかなかった。

「嫌だわ、今更。私もう三十になってそんな話をきいても本当になれない」

すると祐子はひどく自尊心を傷つけられたような顔で、

「あら、私は二十八よ」

と云った。

「満で云うのなら私も二十九になったばかりよ。でも満も数えも実質は変らないわ」

「そう御自分から老いこまなくっても……。でも、そのくらいに思ってらして丁度いいかもしれないわ。その方はね、再婚なのよ。お子さんが一人いらして……」

祐子は又ねっとりと説明を続ける。縁談という言葉で我にもなく躍り上った心が、再婚と聞いてストンと落され、それが話を聞き終った頃にはまた熱っぽく息づいて、文代はまだ興味を失っていない自分を自分で愧《はず》かしいと思った。

「お考えになってみて、若《も》しよかったらお電話下さらない？　お会いになるだけお会いになってみたって損はないでしょう？」

「え、まあありがとう。お礼は申上げておくわ。でも貴女も苦労性ね。御自分のこと以外に人の世話まで」

文代はどうも素直になれなくて困っていた。感謝の心は確かに起きていたのに、それが言葉になるとひねくれてしまって自分でも妙なくらいだった。が、この挨拶《あいさつ》が格別倉賀野祐子を傷つけたことにはならなかったようである。彼女は長居をしなかった。むしろ用件はすましたとばかりに、すぐ帰りかけたが、一応辞令として引とめる文代に微笑で、

「学会のあとね、醍醐に会うのよ。伊藤の家でお食事なの。私、フランス料理お習いしてたでしょう? 皆が知ってるものだから手伝わなきゃならないのよ」

ふかふかした白いショールを肩に巻いた。

その顔を見て、文代は奇妙な連想を起していた。五十嵐みつと倉賀野祐子の表情に共通するものがあるように思えたのである。この考えは実際奇妙だった。病的に色白な祐子と五十嵐女史の褐色の肌とは違いすぎていたし、同じ厚化粧でも拙劣で醜怪な五十女の顔と、実に巧みに紅や眉墨《まゆずみ》を駆使した祐子の化粧法とでは比較にならなかった。だが何かが似通っていた。これは謂《い》わば田中文代のカンである。理由の説明は出来ない。

玄関に降りると草履を爪《つま》かけてから祐子はもう一度先刻の話を蒸し返した。

「はっきり形式立ったことはお嫌でしょう? 音楽会か何か、いい機会を作って私からお誘いするわ。そのときになって嫌だとおっしゃらないでね」

文代は下宿の家人に聞えまいかとはらはらしながら、

「え、え、ありがとう」

と声をふるわした。寒いのである。ガラスが一枚割れたままになっていて、西向の玄関には外の冷たい風が吹きこんでいた。新宿へ出かけるのは早い方がいい。祐子と一緒に出ようかと思ったのは、しかし控えた。如何《いか》にも女教師然とした灰色のオーバーで、この豪奢《ごうしゃ》な倉賀野祐子と歩くのは、いつぞや平林珠美と並んでバスに乗ったときと同じように、気がひけたのだ。

三十分後、文代は一人で新宿に出かけた。デパートで電気器具を買うのに大した時間はかからなかった。前から予定していたものである。夏はヴィタミンを射《う》ったように、冬の暖房に文代は早くから計画を立てていたのだ。どうも神経痛のケがあるようで、それも怖《おそ》ろしかったし、年々寒さにも抵抗を失ってきていると自覚するのも怖ろしかった。

配達を頼んだから手ぶらで道をひき返してくると、今日は珍しい人にばかり会う。とある横丁の角にある犬屋《ケンネル》で、まっ赤なコートを着た武井麗子が仔犬《こいぬ》を物色しているのを見かけた。

「いい御身分ね、犬など飼おうなんて」

この人も豪奢なものを着ている。さっきの祐子といい、ああ私も少し派手づくりにしてみようか、そうすれば気も老いこまずにすむかもしれない、などと思いながら文代がこう話しかけると、麗子は含羞《はにか》んで、

「そういうわけではないんだけど、でも近頃こういうものに興味が出てきたのよ」

と云いながら檻《おり》の前を離れた。独り居の心慰めか——。そう云えば文代も、昔は大して好きな方ではなかったのに、近頃は下宿の飼猫を自分のペットのように可愛がり始めている。

他に用事がないというので、そのまま一緒にその横丁に入った。

「週日《ウイークデー》なのにどうしたの？　会社やめたの？」

「あら月曜日はウチのデパート定休なのよ」

「ああそうか、安心したわ。実は大分前に平林さんとやっぱりこのあたりを歩いたことがあったのよ。私は夏休みだったんだけど、彼女は会社を休んで荒れてたんだわ、今から思えば」

するとと驚いたことに武井麗子は大きく目を瞠《みは》って叫んだのだ。

「まあ、田中さん、貴女も御存知だったの!?」

「え？　何を？」

平林珠美が自殺したということを、このとき文代は始めて知らされたのだった。

学生時代の親交をたよりに武井麗子が平林家に呼出されたのは、晩夏、今からもう二カ月も前のことだという。急な自殺で原因をはかりかねた家人に問われても、麗子には何一つ思いつくことはなかった。ミス・ライエル送別の夜の素振りなどは話せる事がらでない。そういう頼りない麗子の返事をあたふたと聞いて、平林家の人々は呼びつけておきながら堅く珠美の自殺を口外せぬよう麗子に誓わせた。文代たちに珠美は自分から語らなかったが平林家は所謂《いわゆる》名門で、だから極度に外聞を懼《おそ》れたのである。「倉賀野家より筋の通った家柄なのよ。祐子さんの自慢話、平林さんには片腹痛かったらしいわ」それはともかく警察にも手を尽して新聞種にならぬよう大騒ぎをしたくらいだから、グループにも珠美の死は通知されなかったのだろう。麻薬を大量に注射して長く昏睡《こんすい》状態を続け、医師は手を下す術《すべ》がなかったそうだ。聞いてヴィタミン注射でも自分で針の刺せぬ文代は、何かドキリとするものがあった。

「原因はなんだったの?」

「だから具体的には何も判《わか》ってないの。遺書も日記もなくって……。身内の人はとかく他人の責任にしたがるでしょ? 奥さんのある人に欺《だま》された、なんて云ってるけど、どうだか……」

「いつかきいた、あの話のことかしら」

「多分そうでしょう? でも平林さんは人に欺される人じゃないわ。あの人はあの人なりに自分自身で、死ぬことを結論したんだと思うわ。注射で死ぬのは比較的冷静な自殺なんですってね」

麗子も初めてそれを知ったときは吃驚《びっくり》しただろうが今の彼女には何しろ二カ月という

時間の経過がある。ところで文代はたった今聞かされて仰天しているのだから二人はテムポを合わせかねた。喫茶店の椅子《いす》の上で双方とも困るほど落着かない。

武井麗子は馴《な》れた手つきで煙草《タバコ》を取出し、ライターで火を点《つ》けた。その横顔に、文代は瞬間見惚《みと》れた。美しい。最前下宿へ訪れた倉賀野祐子もこりにこった化粧の仕方で美しかったが、麗子は髪形もイヤリングも一層垢抜《あかぬ》けていた。昔、二十《はたち》を過ぎると年増扱《としま》いにされた時代でも、女の年増っぷりと云って三十前後は艶《えん》とされたようである。文代は年齢に怯《おび》えずともよいかと思いながら、寂しさは消し得なかった。実際、武井麗子は美しく華美な装いをしていながら、やはり寂しかった。目を落して、形のいい脚が黒スエードの靴をはいているのを見ると、その靴の中で、この人の蹠《あしのうら》には小さなウオノメが出来ているのではないかとふと考え、文代は慌てて話し始めた。ある暑い日の平林珠美の行動を……。

「――それから平林さんは、その晩たしか正田さんのアパートまで行って泊った筈《はず》よ」

「まあ、じゃ私なんかより貴女方の方がずっと親しくしていらしたんじゃないの。まあそうなの、そんなことを口走ったの？」

しばらく麗子と文代の間に沈黙の暗渠《あんきよ》が横たわった。その間迷っていたらしく、やがて麗子は突然のように云い放った。

「平林さんは、妊娠してたのよ」

彼女が初めからそれを云わなかったのは、話に通俗的な筋道がつきやすいのを懼れた為《ため》であった。文代もまずそう考えが走りかかるのを意識して避けようとした。咄嗟《とっさ》にはどんな相槌もうてなかった。

女性と母性は相剋《そうこく》する、そう云った珠美の言葉を思い出す。それを直ちに妊娠と結びつけて考えるべきものかどうか判らないが、女で愛し得た満足は、母でありたいと思う願いとは確かに衝突したであろう。女性と母性という抽象名詞を措《お》いて考えれば、女と母と相闘えば、女が母の前で悶死《もんし》するのは分明だ——。たしか珠美もそんな言葉を使ったように思う。尠《すくな》くとも死ぬ四、五日前、彼女は明らかに母性にめざめていたものに違いない。その母性を胎児に激しくむけるとき、女性は蒼《あお》ざめてよろめいたのだ、文代の前で、トモ子のアパートで。所詮《しょせん》、未経験な処女が相手になり慰めや励ましを与え得ることではなかった。……

ぼんやりしている文代にひきかえ、麗子にはもう平林珠美の自殺も自分の問題に徴して考えるだけの余裕があったのだろう、卓に肘《ひじ》をついて声をひそめた。

「堕落という言葉は適当じゃないかもしれないけれど、私の場合なんか堕《お》ちないで身を持しているギリギリの線は処女性《ヴァージニティ》なのよ。貴女はどうなの、田中さん」

こういうとき、そんな難問に答えられる筈がない。それに、麗子は珠美が母性に悩んだことには気がついていないのだ。とすればなお、文代は語りたくなかった。突然、玉置朋枝が子供を背負ってミス・ライエルの送別会に姿を見せたときのことを思い出した。結婚には世帯の苦労という愚劣な仕事があるとしても、少くとも母性に対しては健康な場処があるのか——。朋枝が子供を抱き下した姿、髪をかき上げながら乳を含ませたこと、胸に溢《あふ》れるように盛上っていた大きな乳房、再び子を背負って出て行った後姿——。映画のラッシュのように断片が次々現れては消えた。結婚を土壌として正常に育った母性は強靭《きょうじん》で逞《たくま》しい。母性の惨殺、珠美の云った言葉が、文代には怖ろしいほど了解してとれた。

思わず腰を浮かして、

「正田さんに電話かけるわね。だって、これはあの人も関係のある話ですもの。いいでしょう?」

「ええ、それは。口止めなんてナンセンスですもの」

カウンターの傍《そば》にある電話を借りて、神田のS出版社にかけると、すぐトモ子が出た。

「今、武井さんに会って聞いたばかりよ」

——へええ、ねえ?

しばらく正田トモ子にも言葉がない。文代は故意に妊娠の一条は伏せていた。この人も母性に関する苦悩とはとるまいと事前に誤解を防いだつもりである。

「自殺の原因は分らないんですって」

──私は、なんとなく分るわよ。

「なんとなくなら、私にだって分るわ」

──うん。とにかく、このニュースはやりきれません、よ。

言葉の接《つ》ぎ穂もなくて受話器を握っている文代に、トモ子は亀裂だらけな声を送ってきた。

──肉体に打たれた刻印は、心のよりも消えにくい、か。そう云ってたわよ、あの人。つまり貴女や私なんかは死ぬことも出来ないってわけね。これ、笑い飛ばせたら楽なんだけどなア。

向うの席から、のび上るようにして文代を見ていた武井麗子が眉をひそめた。電話を切った文代は、さりげなく微笑してみせたつもりであったが──。

平林珠美の死は、聞いた当座は確かに大きな衝撃であったが、意外にも長い屈託を文代には与えなかった。所詮、死んだ人は死んだ人である。殊にも文代の知らぬことを体験して死んだ珠美だ。追憶に畏敬《いけい》も愛情も浮び出なかった。母性について文代が考え始める糸口となったとしても、それはただそれだけのことだ。だから文代は麗子が平林家の仰々しさを語ったのを汐《しお》に、珠美の霊前に花を捧《ささ》げようという気を起さなかった。墓参など正田トモ子に提案すれば、「うん、行こう、みんな誘ってこう」と張切ったかもしれないのだが、それが中身のガラン洞な虚勢だと彼女自身も考えるだろうと思ってやめた。

死ねば消える。消えれば忘れられる。ひっきょう生きていればこそ生きていることの屈託があるのだ。文代は近頃、その生きている屈託に、しかし災いされていた。

倉賀野祐子が持ちこんで来た縁談である。今更という気で、ろくに聞かなかったつもりだったが耳の底に相手の名前も年齢も収入も子供のことも一切合財、祐子の云った通りがそのまま蔵《しま》いこまれていたのだ。それが忘れようとして擲《ほう》っておけば、虫干し前の衣類のように湿った臭気を立ててくる。それでやむなく展《ひろ》げて点検してみる。再婚、子持ち、しかし相手の地位や収入や人柄やを綜合《そうごう》採点すると、祐子の語った限りでのことだが、補って余りありそうである。相手が此方《こちら》を気に入るかどうか、そんなことも分らぬうちに、こう相手の点数を綜合しては困る困ると思いながら、文代は何時の間にかこの屈託の囚《とりこ》になっているのだった。

浅ましいと思い、もっと高ぶっていたいと希《ねが》いながら、倉賀野祐子に電話をしてみようかと何度も何度も思った。

が、たしか祐子は「じゃ、私が機会を作ってお誘いするわね」と云った筈であった。それなのにこちらから電話をかけては、催促がましくて、肚《はら》を見透かされそうで恥かしい。文代は惑《まど》っては怯《ひる》む。

待ちに待つうち、暮が押し詰って、ああ師走《しわす》に見合でもないだろう、相手も仕事で忙しい時だと諦《あきら》めたが、あの筆まめな祐子だ、葉書くらいよこしてもよさそうなものだと恨んでしまって、文代はいよいよ自己嫌悪の芽を育てていた。

とこうするうち暦があらたまった。正月にも田舎《いなか》へ帰らぬ習慣になってしまった文代は、在校生卒業生から山と来た年賀葉書の中から急いで倉賀野祐子の賀状を探し出した。

あらたまの　としのはじめの　おことほぎ　めでたく　まをしおさめます

ゆうこ

趣味の手すきの和紙に、毛筆の仮名書きである。が、それだけで、文代は期待していたわけではないと思いながら落胆していた。昨年の祐子の年賀状は英語を印刷して、その横にこまごまと近況報告が認《したた》めてあった筈だった。今年の鄭《てい》重《ちょう》な手書きの墨痕《ぼっこん》は、驚くほどの達筆にもかかわらず、文代には恨めしいほどよそよそしく見える。

いまさら何を焦るのだろう、と思いつつ、ああ私も、もう三十一になった、とあらためて年齢を悲しく観た。「私は二十八よ」まだ祐子はしゃれっとして云えるだろう。恋人があれば、いよいよ結婚の年に入れば、倉賀野祐子にはもはや年齢の焦燥もあるまい。そうだ、祐子は浮立って、もはや他人の縁談どころではないのではなかろうか。そう気がつくと気なくて、味気なさに耐えられなかった。三ガ日は生徒や卒業した教え子たちが文代の部屋をもっけの溜《たま》り場にして賑やかだったが、若々しく匂《にお》やかな少女たちの集《つど》いは、この頃の文代には酸味が強すぎて調子が合わせられない。

「先生、お加減が悪いんですか？　元気がないみたい」

顔をのぞきこむ少女がいる。この子たちには到底三十娘の憂鬱《ゆううつ》など理解できまい。文代は苦笑して、

「そう？　別になんでもないのよ」

と答えてトランプを持直す。三十一でも婆抜《ばばぬ》きでも、今年は全くついていない。

倉賀野祐子のおかげで、ほんとうに嫌な正月をした——。後々まで文代はそう思った。

が、そんなところへ新年早々から又珍客があった。瀬見薫である。

「まあ、薫ちゃん……」

何年ぶりだろうか。思わず懐しく女子大時代の呼び名が口に出たが、薫は昔のように無邪気な靨《えくぼ》は浮べなかった。やつれた、文代も最初目を疑ったほど薫は変貌《へんぼう》していた。数えれば、もう五年近く会わなかった。その間、この人はいったい何をしてこうひしゃげてしまったのだろう、と文代は自分を棚に上げて考えてしまったくらいだ。

もともと小柄で、ぱっとしない娘だったが、学生らしくない無邪気な口のききようと、可愛く間の抜けた物の考え方に人気があって、グループの中心人物にこそなれなくても

ペットのように誰からも愛されていた薫は、卒業後全く家に閉じこもって昔風に家事雑用の中で嫁入口を待っていた筈であった。当初、祐子の次には多分薫が見合結婚でもして片付くのだろうと誰もが予想していたものだ。それが、職業持ちの文代や正田トモ子同様どんどん売れ残ってきた。

どんな仕事でも月給をとって勤めれば責任みたいなものが出来て、歳月が経てば結構職歴となって仕事に仕甲斐《しがい》や張合いが見つかるものだ。正田トモ子も武井麗子も田中文代も、処女性の苛立ち《イリテーション》と口走ったりしても、結局のところは毎日が仕事に追われ、仕事で屈託も紛らされている。が、弟妹の世話で明け暮れては憂鬱も排泄口《はいせつこう》がなくて、気持にも弾力が失《う》せてくるのであろうか。今日、文代の下宿を訪れた瀬見薫は、昔の薫ちゃんの精彩を全く欠いて、縮緬《ちりめん》の着物に錦紗《きんしや》の羽織を一応正月らしく色合明るく取合わせていても、どこか貧相であった。同じ場所に倉賀野祐子が坐《すわ》ったのはつい一カ月前のことだ。あの華美とこの弱々しさは、祐子を恨んでいる文代にしたって、勝負になるとは思えない。

背が低く、小柄が身上だった人も、やつれては痛々しくて目が当てられない。やたら較べて悪いと思いながら、文代は朋枝のことも彷彿《ほうふつ》していたのだ。

そういえば石室夫人になった朋枝とはもう何年か年賀状だけの交友になってしまっていた。今年の賀状にはたしか、印刷した謹賀新年の横に、子供が三人にもなると、「自分」というものは全く揉《も》み消されてしまった生活です。でも結構楽しみもあって、第一不満を起す暇がありません。まあ子供たちが成長して、経済的にももう少しどうにかなったら、石室も東京へ戻りましょうから、そのときはどうぞ旧交を温めて下さい。

と細々書き込んであった筈である。夫の愛、子供の愛に埋もれて、友情などという不必要な贅沢品《ぜいたくひん》には今のところ手が出ないのだろうか。文代は家庭の主婦の多忙が「充《み》たされたもの」であることを読んだ。

五尺四寸十八貫は、その多忙で多少貫目を狂わしたところで、薫の今日のようにはひしゃげまい。

瘦《や》せたわね、とは友達仲でも遠慮で云えなかった。久闊《きゅうかつ》を叙《じょ》するにも、あんまり久々すぎて工合が悪い。考えてみれば瀬見薫とも長く年賀状だけの交際になっていた。

年頭、彼女からの賀状には、

頌春《しょうしゅん》。でもあんまり春が長すぎました。せめては今年、一度でも花を咲かせたいと、まだ私は夢みる心を失っていません。お会いしたいと思います。

とあって、それが妙な文句だと記憶に残っている。春が長すぎる、これは名句だ。だが瀬見薫の場合、それがどういう意味なのか、ちょっとはかりかねていた。文面では、花の咲かない春が長すぎたという意味のようである。と、すれば……。

が、あの賀状と、この姿とは、文代のイメージではかけ離れすぎていた。

突然、前ぶれもなく瀬見薫が文代の下宿を訪れたのは、疑いもなく用件があってのことに違いなかった。前に平林珠美の一件があるから田中文代は少々緊張する。

「よくいらして下さったわ」

この度は歓待しようと思った。一間ぐらしは夏の暑熱には辛《つら》いけれども、冬となれば必要物は何でも手の届くところにあるから楽だ。コーヒーポットにスイッチを入れた。

「まあ、なんでも揃ってるのね。この行火《あんか》、これも電気でしょ？　便利ね。電気ストーヴって思ったより安くつくんですってね、電気代が」

菓子皿でも砂糖壺でも貰いものばかりだが、送り主が年若な少女たちだから趣向が一々にひねってあって、それに気がつく度に薫は無邪気に一つ一つ驚く。そんなところはやはり昔のままだ。

「いいわねえ。自分で働いて、そのお金で身の廻《まわ》りの品を娯《たの》しんで殖《ふ》やして行くのって、生き甲斐があるでしょう？　私なんか全くの消費生活で、やりくりなんて元来が足りないものの辻褄《つじつま》を無理して合わせていくことなんだから不景気でしょうがないわ。しみったれてて本当に嫌なんだけど、でも今更仕方もなし……。お正月早々愚痴を云いにきたみたいだけど、堪忍してね、田中さん」

「別に愚痴でもないでしょう。自分のやってることって振り返ると時々怖気《おぞけ》を震うほど嫌に思えるものだわ、誰でも。しかもそんな暗黒的瞬間って周期的に廻《めぐ》ってくるでしょう？」

「本当よ、私は今がそれなの。辛いわ」

それから薫は、突然文代を懐しく思い、話しかけたい衝動に駆られた理由として、

「田中さんのお年賀状でね、外へ出てみる気にもなれたの。先《ま》ず感謝しなきゃ。ありがとう」

と云った。

「あら。へえ、私の年賀状で？」

もう年末にいそいそと誰彼の宛名《あてな》を書く毎《ごと》にその誰には何を、彼にはこうと文句を繰るのは煩《わずら》わしく、今年は文代は目上には「謹賀新年」の四字ばかりで失礼していたが、友達には自分にも云うつもりで、
元気を出しましょう　田中文代

と書いて出したのだった。それが瀬見薫を実際に元気づけてしまったものらしい。

「誰にも云えないような気がして、一人っきりで苦しんで来たことがあるの。でも、田中さんの年賀葉書で、そうだ話してみよう、喋《しゃべ》ってしまえば多少は気も軽くなるかしらと思って……」

「聞くわよ。どうしたの、いったい」

文代は当然そう云うべきであった。

瀬見薫の話は、意外にも文代の当面の小さな苦しみと等しく、倉賀野祐子に端を発していた。

山崎滋之と名をきいても、全く文代は思い出せなかったが、説明されてそれが玉置朋枝の華燭《かしょく》の日披露宴に出席したグループが帰途銀座の中華料理店に寛《くつろ》いだ折、文代やトモ子たちの面前で倉賀野祐子が薫に語った縁談の相手だと解《わか》ったときには、話があんまり前のことだったので茫然《ぼうぜん》としてしまった。数えれば四年の歳月が経過している。

「四年間もくすぼったの？　あの話が？」

詳しいことは記憶にないが、職業婦人はカサカサしているから、この見合には不適格なのだと祐子に軽く切捨てられた形で、平林珠美以下四人が後で苦笑して顔を見合わせたことは昨日のように文代は覚えている。

ところで瀬見薫の話すところでは、すぐにも見合をという祐子の口吻《こうふん》にもかかわらずその後一年近い間、彼女から何の連絡もない。細々と相手の職業も何も聞いていたので、両親にはその通り話した。そこで父の瀬見氏は会社関係の知人を介してそれとなく相手の人物を確かめたりし始めていたから、これには困った。どうしたのだろう、どうしたのだろうと思ううち、薫は迂闊《うかつ》にも山崎滋之に対して見ぬ恋に陥ってしまった様子である。間接的な評判ばかりで深い調査とは云えなかったが、瀬見氏の聞きこんできたところでは山崎滋之は父の七光りを凌《しの》ぐ優秀な青年だということであった。P銀行で語学と法規の知識では傑出していて、将来有望とは誰の目にも見えているようである。そう聞いて、その相手と自分は見合するのだと思うとき、また倉賀野祐子に対して彼が「R女子大出身で家庭につつましくいる人なら……」と乗気を示したということを考えるとき、薫は胸の中が妖《あや》しく震えてくるのをどうしようもなかった。実際、これまでに薫には不思議なくらい縁談というものがなかったのであった。だから突然のように降ってきた話に両親も大乗気で、父はP銀行なら一流だ一流だと何度も繰返すし、病弱な母親は戦後一家の不如意《ふにょい》を託《かこ》って、でも出来るだけの嫁入仕度は無理しても整えるから、と既にあれこれ指折って準備も始めかねない様子である。

「まだ見合しないうちから……」と薫は文字通りくの字になって笑った。多くいる弟妹がその様子を囃《はや》し立てる。娘のいる家に縁談が始めて起り、一家全部が浮立っていた。

それが一月たち二月たち、一向に倉賀野祐子から音沙汰がないのである。母親が心配して、どうなったのか訊《き》けと云う。訊きたい気は胸も張り裂けるばかりだが、まだ瀬見薫にはプライドがあった。一度も恋愛沙汰がなく、これまでに一度も縁談がなかったという事実を顔に貼《は》り出して倉賀野祐子には会えない。考えてみると中華料理店の二階で、皆もいる前で謂わば茶話のような体裁で語られたことでもあった。それを未《ま》だか、どうなったかとせっつくのは処女の薫に出来ることではない。

半年もするうちに薫はいたく焦燥していた。母親は心配してもう何も云わなくなった。瀬見氏は食卓で決してP銀行の景気を語らなくなった。一家が銷沈《しょうちん》して、この日頃は気楽な長女の苦しみを気づかい、息を詰めて見守っていた。遂《つい》に母親が口を切って、「薫、母さんがそれとなく倉賀野さんにお尋ねしてみるわ」と云い出したが、薫は真青になって首を振った。「よして、もう何でもないわ。山崎さんって優秀で条件の揃った方なんだから、もっと私より美人で金持で家柄のいいお嬢さんと結婚できる筈なんだわ。こちらから出向いたら、笑われるのがオチよ。よして頂だい。私は分相応な相手を待つことにするわ。別に結婚したくてたまらない気になってるわけでもないんですもの」親にまで薫は見栄《みえ》を張った。分相応という言葉に、母親は母親で終戦以来どうしても立直れそうにない一家の経済状態に対する劣等感を呼びさまされた。「焼けさえしなかったらねえ……」と気弱に呟《つぶや》き、もともと寝たり起きたりの半病人だったが、以来ずっと元気が出ない。娘の縁談が他にはないというのも病気の母親のいることが災いしているからではないかと折につけひがむようになり、瀬見氏は終始にがりきっていた。

この一件は忘れようと一家が努力して、その実が上りかけた頃、倉賀野祐子から手紙が来た。薫ばかりか瀬見一家がどんなに不愉快な思いをしたか気づいてもいないゆったりした文体で、先ず例によって醍醐公彦との昨今をじゃらじゃらと述べた揚句に、いつかお話した山崎滋之は急に今度はP銀行からロスアンゼルスへ転任ときまったと告げ、二年の予定だけれどもこう出立の日が迫っては慌《あわただ》しく見合しても実がないと思うという彼の意見もあり、若し貴女にそのお気持があったら山崎さんが帰っていらしてから新しい話として考えるようにして頂きたい、と結んであった。……

「出鱈目《でたらめ》ねえ、祐子って」

文代は思わず吐き捨てた。丁度自分がそんな目にあわされかけていた折も折だから、薫が話ばかりでほっぽらかされたという話には実感以上になまなましい味わいがあった。

「ううん、でも山崎さんが転任したのは事実だったのよ。父が、やっぱり調べてきて、二年という予定も間違いないことが分ったわ」

どこまで人がいいのか、今でも瀬見薫はそう云うのだ。……

二十五の娘に二年待てというのは、たとえそれが山崎滋之自身の言葉ではなかったとしても、この時代に酷《ひど》い話だ。しかもまだ話だけで会ったこともない相手である。倉賀野祐子の神経は異常なのではないかと文代は懐疑した。そんなことが平気で云えるほどだから醍醐公彦との恋愛も長続きできるのだろうかと考えてしまったほどである。が、恋愛ならばまだ諒《りょう》とできよう。瀬見薫と山崎滋之は恋愛には程遠く距離を持った間柄である。

しかし、呆《あき》れたことに、瀬見薫は山崎滋之がアメリカに行っている二年間を、遂に待ったというのであった。

文代は呆れながら、ふと戦時中女学生だった頃校長の特別講話で聞いた「古事記《こじき》」の一節を思い出していた。雄略《ゆうりやく》天皇と引田部《ひけたべ》の赤猪子《あかいこ》の故事である。若い頃の帝《みかど》は雄々しくて気まぐれで思い立ったことは何でも言動する性格であった。三輪《みわ》の里で衣《きぬ》を洗う乙女《おとめ》を見て、愛着を覚えると、やがて召す、待てと云いおいて通り過ぎた。声をかけられたのが赤猪子である。彼女は待った。帝から何の音沙汰もなく八十年の歳月が流れた。そして八十年目、容姿の衰えを知り何ものにも頼る心を失った老嫗《ろうおう》が、ただ待つ者のあったことを知らせたさに雄略天皇の面前に名乗り出たとき、帝はすっかり忘れていたと驚き、すまなく思って、一首の歌を賜《たまわ》ったという。

引田《ひけた》の　若栗栖原《わかくるすばら》
若くへに　率寝《ゐね》てましもの　老いにけるかも

そのとき強烈な感動を覚えて、文代はこの古歌を未《いま》だに覚えている。百歳に近い嫗《おうな》を、百二十歳以上の老帝が、若かったら抱いて寝てやったのにお前は年をとりすぎてると自分の老骨を棚に上げて歌ったのだ。男とは勝手なものだと呆れはて、それを語った校長が尤《もっと》も至極な顔で「これこそ日本婦道の鑑《かがみ》であります」と結んだのを心底から蔑《さげす》んで、以来文代は男に畏敬を持たなくなったようである。

飛行機も原子爆弾もなかった「古事記」下《しも》つ巻の八十年は、昭和の現代の二年と等しい時間だと云えるのではないか。それにしても、やはりこれは稀有《けう》なことだと、文代は半ば驚嘆して薫の小さな唇の動きを見ていた。

だが瀬見薫は二年間を山崎滋之のためにだけ待ったわけではなかった。思わしい結婚の話が、やはりその二年間になかったからである。全然なかったわけではないが、どの条件も悪すぎた。別に決ったことではないのに、薫も母親も、つい山崎滋之と比較してみてどの話にも気のりがしなかった。そして母親の気乗り薄を無理強いする仲人口はなかったのである。女は余っていた。親も当人も熱心に探し求めるのでなければ縁談は進行しない時代であった。

二年後、山崎滋之が帰国したことを先ず瀬見氏が聞いてきて夫人に伝えた。口に出さなかったが彼にも男親なりの心遣いがあったのだ。病弱の母親は知れば知っただけではすまされず薫に洩《も》らした。

赤猪子は遂に決心したのである。どうなったのか自分から倉賀野祐子にともかく訊いてみよう。年齢の焦りが、羞恥《しゅうち》に立優って、心は多少上ずりながらダイヤルを廻した。母や、弟妹への気がねで公衆電話である。

——あら、私ね今お手紙書き上げたところでしたのよ、貴女に、そのことで。

「私ねえ、催促がましくって恥かしいんだけど、でも他にもきっと御縁談がおありでしょうから、私が私のことだけ考えててもどうかと思って、それで……」

——大丈夫よ。昨日お会いして、そのお話をしたところだったの。山崎さんも縁談らしいお話はない様子だわ。貴女のこと覚えてらしてね、もう結婚なさったんじゃないかと心配してらしたわ。

明るく調子のよい言葉に、薫はほっとして涙がこぼれた。山崎滋之は自分のことを覚えていた。結婚したかと心配して……いた。去年や一昨年起った縁談にとりすがらなくてよかった、と咄嗟にそんなことまで考えていた。倉賀野祐子を気まぐれと恨んだことも反省した。

それが去年の春である。

だが、薫は両親にこの話をしなかったのだ。見合の結果がやはり怖ろしかった。それに一家全部にこの一件が注目されるのは負担でやりきれない。晩稲《おくて》だが瀬見薫はようやく大人なみの智恵《ちえ》が芽ぶいていた。親に伏せる——これが娘の最初の脱皮である。

一度自分から電話をかけてしまえば、もう薫は倉賀野祐子の膳立《ぜんだ》てを今か今かと心にだけかけて待つことは出来なかった。意地のように催促の手紙を書き、電話をかけた。その都度祐子からは丁寧に親切に、先方の日程および自分の予定とがかちあわぬ日を選ぶからという返事であった。瀬見薫は、もうそれを焦《じ》れなかった。自分で野放しにして何度でも催促を続けた。機会はこうして自分でつくるべきかと思っていた。

山崎滋之の都合がやっとついたのは去年の晩春、歌舞伎座《かぶきざ》の切符を三枚とったからと祐子から電話がかかった。運悪く薫が留守にしていて、母親がその電話を受けた。苦々しい過去となった筈の人間と娘が芝居を観に行くという。驚き、訝《いぶか》しみ、それでも喜びを押えきれない親の顔に薫は当惑して、みじめな思いがしてくるのをどうしようもなかった。

絵羽織をデパートで急ぎ新調して、出かけた。前以《まえもつ》て切符は一枚家に届いていた。五時開演に遅れまいと早目に出かけた薫は、絵看板の前で大分長い間待たなくてはならなかった。昼の部がまだ終っていなかったのだ。待つ間も、昼の芝居が終って出てくる客波に流されまいとする間も、薫は心が重くてかなわなかった。待つことを辛いことだと沁々《しみじみ》味わっていた。二年も待ってしまった……そう反芻《はんすう》もしていた。山崎滋之に会うことが、今更空恐ろしかった。白っぽい羽織が小柄の自分に似合うだろうかと、そんな小さな心配も絶え間がない。

開演時間から三十分過ぎても山崎滋之は現れなかった。左に二つの空席を見て、薫は舞台鑑賞どころではなかった。来るのだろうか、来ないのではないだろうか。倉賀野祐子も遅れるなら遅れると一言の電話ぐらいくれても良いものをと、腰を椅子に下しているとは自分で信じられないほど落着きがなかった。来るのだろうか、ああ自分は見事に見合の機会を蹴《け》られて、無慚《むざん》な思いにうちのめされて帰らねばならないのだろうか。帰ろうか、いっそ、このみじめさから逃れる途《みち》はそれしかない。が、薫は胸が詰る。母がどんな顔で迎えるだろう——。

薫の腕時計の針は遅々と動いていたが、それが丁度六時を指すとき、山崎滋之と倉賀野祐子が並んで入ってきた。「ご免あそばせね、お待ちになって？」「ええ、いいえ」

薫の隣に祐子が坐り、その向うに山崎滋之が坐った。薫は腰を浮かして挨拶しかけたが、彼はもう目を舞台に注いで、会釈を返す気配がない。てれてるのかもしれない。そう思って薫は、ようやく落着いた。ちらと見た限り山崎滋之は感じのいい青年だった。若いにしては肥《ふと》りすぎていたが、グレイの背広もいい趣味だったし、背が高い方でないのを知って薫はほっとしたのだ。薫は小柄な自分を条件に外れはしないかと酷く心配していたのだった。

一番目の梶原平三誉石切《かじわらへいぞうほまれのいしきり》は終りかけた。名刀の切れ味をためすのに八幡宮《はちまんぐう》の手水鉢《ちょうずばち》を一刀でまっ二つにして、幸四郎が見得《みえ》を切ると、滋之は無邪気な拍手を送った。淡泊でいい人に違いないと薫はそんな様子を好ましく思いながら見て、そっと倉賀野祐子の顔を見ると、暖かく微笑《ほほえ》み返してくる。薫は見合最中《さなか》の娘の初々しい気分にようやく浸れて、幸福に顔を伏せた。

幕間に祐子の提案で新館のギャラリーを見に歩いた。その道で初めて紹介された。「山崎です」相手は軽く頭を下げ、薫が秘《ひそ》かに怖れていた舐《な》めるような目は向けなかった。さっぱりして、男らしい人だ、と胸が波立った。

無口な方か、祐子が説明する物故した歌舞伎俳優の顔写真を、山崎は黙って見て廻った。薫は二歩ほど遅れて二人の後に従う形である。倉賀野祐子は羽織を着ず、豪華な繍《ぬ》いを散らした訪問着を着ていた。帯も草履も綺羅《きら》びやかで薫は自分の羽織姿の野暮なのを気にしていた。が、祐子は度々振向いて話の相槌を薫に求めるし、始終彼女と山崎と話しあう機会を作ろうと努力している。

「瀬見さんはカトリックでいらっしゃるのよ」「そうですか」「貴方ニューヨークのクリスマスのお話とても感激していらしたじゃないの」「そう。信者が声を揃えて信経《クレド》を読むのが歌うようでね、祈禱って唄《うた》と同じことだなと思いましたよ」

人見知りする方だったのか、話し始めると愛想がよい。薫は滅多な相槌は打てないと思いながら、それでも割合口数はきけた。調子は合う方だと思い、ようやく仄々《ほのぼの》としてきた。が、信仰を云々《うんぬん》されるのは辛いようで、なるたけ避けたかった。で、祐子の舵《かじ》のとり様もあって話は今観た芝居に戻った。

「いいなア歌舞伎は、久々で本当に日本に帰った気がしましたよ。もっと早く来ればよかった。石切梶原なら無理しても初めから見たかったのに」「あんなこと、今になって云ってらっしゃる。さんざ貴女をお待たせしたのにね」祐子が可笑《おか》しそうに云った。

山崎滋之に対して、期待は全く外れなかった。瀬見薫は好感を抱《いだ》き、それを自分に許していた。相手も自分にそう悪い印象を受けなかったように思えたからである。

「お宅はどちらです？」「四谷《よつや》でございますの」という会話が帰りがけにあったが、薫は銀座で別れて一人で家に帰った。山崎は送ろうと云わなかった。物足りなかったが初対面早々で、そんなことは出来ないのだろうと、却《かえ》って節度のある人だと思った。

それから二月あまり、薫にはまた「待つ」地獄が訪れていた。山崎滋之がどう思ったか、今後も交際を続けたいと云ったかどうか、それともあれきりで打切りにしたいと云ったか、臆測《おくそく》で苛々と祐子の電話を待った。

「ミス・ライエルの送別会はそんな最中だったのよ。とっても出席できるもんじゃなかった。そのうち京都から手紙が来て、祐子さんは当分東京へ帰れない。山崎さんの返事ははっきり聞いていないが、可愛い感じの人だと云っていたなんて云うの。仕方がないから待ってたわ、馬鹿みたいに。母は慰めてくれるのよ、気にすることない、気にすることないって、私が黙ってるものだから」

が、夏の盛りは軽井沢から葉書がきて、醍醐も一緒で避暑をしています。彼は論文集成で私の相手はしてくれないから、退屈しのぎで失礼だけれど貴女と山崎さんを御一緒に御招待しようと思う。何日から何日まであけといて下さいませんか。山崎さんの御都合をきいて御通知します、ということだった。そして、それっきりで何日から何日までという期間に入っても何の音沙汰もない。軽井沢の住所を訊こうと倉賀野家へ電話をすると、

――昨日帰ってきたところなのよ。醍醐が京都の研究室へ戻ってしまったの、実験が出来ないでしょう？　詰らないから帰ってきたの。そしたら今、山崎さんからお電話があったのよ。モービー・ディック観ましょうって。御一緒に如何《いかが》？

そんな調子で、暮までに映画や音楽会を都合三、四回見に出かけた。何時でも祐子が一緒で実に親切に二人に口をきく機会を作ってくれる。が、帰りは決して山崎が薫を送ろうとしないのだった。薫はそろそろ寂しくなった。男友だちとの交際を望んでいたわけではない。はっきりと結婚を目標として会った相手だ。結婚する気があるのかないの

か、少くとも本気で結婚の対象を観察する気でいるのか、心配になってきた。

遂にそれを祐子に云った。「山崎さんは私をどう思ってらっしゃるのかしら」「いい方だとおっしゃっててよ」「でも結婚のことよ」「そうね、じゃ、ちゃんとうかがってみましょう。もうこのくらいお交際《つきあい》すればいいわね」が、又それが、それきりになった。

「山崎さんって人に直接会えばよかったのに……」

文代が云うと、

「だって、そんなこと。つつましやかな女が好きだと云ってる人に訊ける?」

と薫は恨めしそうな顔をした。

「で? 返事はどうだったの?」

「もちろんお断りよ」

が断りの口上が酷すぎた。

「ご免あそばせねえ」と倉賀野祐子は口ごもって、「あの方、私を好きだったのだ、っておっしゃるの」血の気を失った薫に、済まなそうにしながらお云うのだ。「私には醍醐がいるのを御存知なのに、ねえ」

語り終ると、瀬見薫はがっくりしてしまった。聞いていた文代は、胸の中が燃え狂っている。

「薫ちゃん、貴女それで何も云わなかったの？」

「何が云えるの？」

　これは大変なことだ、と文代は気付いたのだ。倉賀野祐子のやり口は相手の弱点に遠慮なく爪《つめ》を立てて、相手が息の根を止めるまで指の力をゆるめようとはしないのだ。しかもその被害者には何の罪もない。祐子の利にも害にもならぬただの知人だ。——薫の事件は薫だけの問題ではない。早い話が文代だった。縁談を持ちこまれたおかげで、暮も正月も懊悩《おうのう》して過してしまったではないか。しかも祐子の口吻では正田トモ子も見合をした様子だ。徐々にグループが彼女の毒牙《どくが》にかかる。とすれば一大事だ、擲《ほう》ってはおけない。

「瀬見さん、これから一緒に正田さんのところへ行かない？」

「え、これから？　どうして？」

「大変よ、縁談ノイローゼは貴女ばかりじゃないわ。現に私も……」

　再婚で子供もある相手を世話しようという言葉は既に田中文代の条件不備を衝《つ》いた無礼ではなかったか。

　文代は呆気《あっけ》にとられている瀬見薫を引立てて外へ出た。トモ子のアパートは飯田橋だ。午後六時、家にトモ子がいるかどうか疑問だったが、会社は休みで、連絡の方法がなかったのだ。省線に乗ると二人とも口を噤《つぐ》んで、薫は袖《そで》と袖を重ねて小さくなっているし、文代は自分でも怒ったような顔をしているのが分った。

四谷駅で、薫が嘆願した。

「正田さんのところで又この話するの辛いわ。帰らせて」

うっかり文代も降りてしまった。

「じゃあ仕様がない。私も行くのよすわ」

「ご免なさい。じゃ、私の家にいらっしゃる？」

「……そうね。あんまり気が進まないけど」

身を持て余した感じだった。イグナシオ教会の方の出口に何時の間にか出て、どうしたらいいかと迷い続けているうち、薫の方から時間潰《じかんつぶ》しにいい智恵を見つけた。

「ちょっと教会におよりにならない？」

「え？」

驚いたが興味は動いた。新教系の大学を出たからキリスト教に全くの門外漢ではなかったが、カトリックの教会内部は覗《のぞ》いたこともなかったのである。

東洋一を誇る大教会建築は広くて天井が高くて新しい壁が白々しく、神秘感は夕暗《ゆうやみ》の中であまり迫らなかったが、前の方に白いヴェールを冠《かぶ》った少女たち二十名あまりが声を揃えて祈禱しているのが、どきっとするほど清澄な光景だった。付近のカトリック系女学校の信者たちだと、薫が囁《ささや》く。何かの祈禱会である様子だった。薫に導かれて、ずっと前の方の席に並んで腰を下した。薫は作法通り胸に十字を切って、跪《ひざまず》いて祈り始めた。そう馬鹿馬鹿しいような気でもなくなって、文代もその形を真似《まね》た。肘《ひじ》を置く台があり、肘を置けば自然に祈禱の姿勢になる。その台の下から、一冊の祈禱書を取出して、薫は、

「あの人たちのお祈りは、これよ」

と云って頁《ページ》を展げて文代に渡した。

聖マリアの連禱——見出しの文字はそう読めた。祈禱文がずらっと並んでいる。少女たちの一群は、一人が先の文を読み、後を大勢で唱和している。

聖マリア　　われらのために祈り給《たま》え。
天主の聖母　　われらのために祈り給え。
童貞のうちにていとも聖なる童貞　　われらのために祈り給え。
キリストの御母　　われらのために祈り給え。
いと潔《きよ》き御母　　われらのために祈り給え。
いと操《みさお》正しき御母　　われらのために祈り給え。
終生童貞なる御母　　われらのために祈り給え。
きずなき御母　　われらのために祈り給え。

創造主の御母　われらのために祈り給え。
救世主の御母　われらのために祈り給え。
敬うべき童貞　われらのために祈り給え。
誉《ほ》むべき童貞　われらのために祈り給え。
力ある童貞　われらのために祈り給え。
くすしきばらの花　われらのために祈り給え。
ダヴィドの塔　われらのために祈り給え。
憂き人の慰め　われらのために祈り給え。
殉教者の元后《きさき》　われらのために祈り給え。
童貞者の元后　われらのために祈り給え。
天主の聖母　われらのために祈り給え。
キリストの御約束にわれらをかなわしめ給え。

聖堂の中で、信者でもない人間が涙を流したりしたら人は嗤《わら》うだろう。そう思わないではなかったのに、涙が勝手に滲《にじ》み出ていた。目をつぶって何か一心に祈っていた薫が愕《おどろ》いて、そんな文代を顧みると、安心したのか声を洩らして泣き始めた。

# 第七章　影過ぎき

醍醐公彦という人物は実在しないのではないかと正田トモ子が云《い》い出して、緊急集会を開いていたグループ一同にセンセーションを捲《ま》き起したのは、それから間もなくである。

経緯《いきさつ》は、こうだ。

田中文代は焦眉《しょうび》の急を惟《おも》ったのであった。正田トモ子を救わなければならない。つまり倉賀野祐子の言葉によればトモ子は彼女の世話で見合をした模様であり、瀬見薫の報告から推察すれば祐子の縁談とは危険千万な悪魔の誘いに間違いないのだ。とすればトモ子は早くも餌食《えじき》になったか、なりつつあるかのどちらかである。これは救わなければならない。

最初薫は尻ごみして自分の問題《プロブレム》を公開することにひどく抵抗したが、やがて社会意識に目覚めて、ついでに武井さんも呼びましょうよ、と自分から云い出した。

ある月曜日の夕刻、田中文代の下宿に集って、四人は電気炬燵《でんきごたつ》に足を突っこんで会議に入った。武井麗子、正田トモ子は息を詰めて文代の趣旨弁明や薫の経過報告を聴く。思った通り、これは誰にも身近な問題なのであった。ところが意外だったのは、正田トモ子が、

「私の縁談？　誰と見合したって？」

と吃驚仰天《びっくりぎようてん》したことである。見栄《みえ》からトボケて見せたものとは思えなかった。

「だって祐子がそう云ったわよ。正田さんにも御紹介したって。悪いからあまり訊《き》かなかったんだけど」

「悪いことないでしょ。訊いといてくれたらよかったのに、残念だわ。独身主義なんか何時《いつ》だってかなぐり捨てるわよ。御縁談なら」

トモ子は露骨に云い捨てて、げらげらと笑い出した。すると又意外なことに武井麗子が、

「私のことは云わなかった？　私も祐子から縁談を持ち込まれたわ」

彼女も被害者だった――。日頃若い男は頼りないから嫌だ、と豪語していた麗子を知ってか、知らずか、相手は麗子と同い年だということであった。高楊枝《たかようじ》をくわえて、「あら」と渋ってみせると、冠《かぶ》せるように「お嫌？　でもとても男らしくて立派な方よ」と云った。とにかく会ってごらんなさいよ、と重ねられて、迂闊《うかつ》にその気になってしまったのが不可《まず》かった。

「それっきりだったんでしょ？」

「そうなの、それっきり。でもちょっと念が入ってた」

電話が仕切りなしにオフィスにかかるようになった。醍醐公彦がアメリカの知人に送るクリスマスプレゼントを貴女《あなた》のデパートで買いたいが何がいいか一緒に考えてくれとか、何階の展示会にあった訪問着どこから仕入れたか調べてほしいとか、通りがかりに寄ってもいいか、とか。そうなると武井麗子は、つい例の縁談のことを思い出してしまう。同い年でも十月生れの麗子は相手が六月生れときけば、四カ月年長だとほっとして、自分に云い訳がついたように思った。祐子は間もなく相手の写真と自筆の履歴書みたいなものを持ってきて麗子に見せた。

「どんなだった？」

「大して、男らしくも立派だとも見えなかったけど、でも難点はなかった」

が、祐子は一通り麗子に見せた後、それらを自分のハンドバッグにパチンと蔵《しま》いこんでしまったのである、まるで自分の縁談を話したあとのように。両親にも見せたいから、貸してほしいと喉《のど》まで出かけた言葉を麗子は嚥《の》み下した。

「それで、今日までそれっきりなの」

武井麗子は明るく笑ってみせたが、味の薄い笑いだった。

「そうすると、だ。私だけじゃないの、縁談のなかったのは。ひがむわね、こうなれば」

正田トモ子は口先は冗談めかしていたが、もうすっかり怒っていた。

「変だと思わない？　祐子という人間は」

「ひどい人よ、とにかく」

「薫ちゃん、貴女にひどいことをしたということより、祐子の物の考え方や言動が本質的に不可いのだと思いなさいよ」

「うん、でも、私は本当に苦しんだわ」

苦しんだ——麗子も文代も実に同感だった。そして文代は考えたのだ、これは倉賀野祐子を面詰して糾明しなくてはいけない。ただ苦しまされて泣き寝入りの顔を三つ四つ見合わせているだけでは、あんまりみじめすぎる。

「賛成。でも、ちょっと気にかかることがあるわ」

と麗子が云った。彼女の意見では、ことがともかく実現して破局《カタストロフィ》まで導かれたのは瀬見薫の場合だけだというのである。どうも私の考えでは、山崎滋之の意志は薫に正しく伝えられていないように思う、これは一度念のために私たちの中の誰かが山崎氏に会って事の詳細をきいた方がいいのではないだろうか。

文代もトモ子も肯《うなず》いて、そっと薫の方をうかがったが、彼女は下を俯《む》いて何も云わない。一番ききたいのは彼女に違いない。文代に事を打明けた真意もそこにあった筈《はず》である。が、そうしてほしいとは云えなかったろう。

「薫ちゃん、どう？　私たちで訊きに行っていい？」

「ええ、でも私なんだか工合が悪い。山崎さんに未練があるわけじゃないもの。それに祐子さんを疑うのは心苦しいわ、ひどい人だとは思っても」

　すると正田トモ子が大きな声で叫んだのだ。

「疑っちゃ悪い？　悪いどころですか、あの人ほど常に疑わしい人はなかったじゃないの。はっきり云って嘘《うそ》ばっかりよ、あの人の云ったことは全部！」

　三人とも愕然《がくぜん》としてトモ子を見守った。心の中で思っていても、同じグループだし親友だしという考えがしこりになって、こう真向から祐子を嘘つき呼ばわりは出来なかったのである。

「私はずっと前っから祐子の話は眉唾《まゆつば》ものだと思ってた。学生時代からよ。だって話が何でもうまく行きすぎてたじゃないの。だけどね、確信したのは実は最近なんだ。とんでもない人に会ったのよ、こないだ。加賀啓一郎、覚えてる？」

　もう七、八年も前のことだ。卒業後間もなく、グループが田園調布の倉賀野家に招かれたことがあった。死んだ平林珠美と武井麗子は欠席していた。「そのときだって貴女たちは招待されてなかったんでしょう？　武井さん」「ええ」「にも拘《かか》わらず祐子は貴女の出席の返事を聞いてると云ったのよ」その日のことは当日の出席者には今も記憶されている。加賀啓一郎というのは、その日祐子の男友達の一人として紹介され、グループが帰ったあともまだ残っていた青年であった。旧華族の長男とか、全身全霊おっとりして、祐子以外には誰一人彼と調子の合わせうる者がなかった。

正田トモ子の勤めるS出版社は、戦後の社運隆盛が漸《ようや》く下火になりかかっていた。出すもの出すものが当らなくなると間口を広げていただけに恐慌を来《きた》して、不渡手形こそ出さなかったが金繰りに四苦八苦し始め、出版企画も相当きわどいものにも手を伸してきた。そんな折から相続いて起った旧華族の離婚問題は、編集長の目のつけどころとなった。元伯爵加賀稔雅氏の夫人が、激しい離婚声明を発表して少壮実業家の許《もと》に走ったのである。「妻に別るるの記」——そもそもの結婚当時から華族社会の内幕を学者殿様の彼に書かせたら、アタルゾというわけである。今までに飛出した女の手記は本になったが、飛出された側の声は出版されていない。担当は正田トモ子だった。元来、男の執筆者には女が向けられる、これは通念なのだった。

「それが加賀啓一郎氏の父君だったのよ。伯爵は顔をしかめて相手にもしてくれなかったかわりに、御曹司《おんぞうし》からとんでもないことを聞き出せたわ」

奥方が我慢しきれずに飛出しただけあって加賀邸は荒れ放題に荒れていた。煤《すす》けた客間に伯爵と向いあって、蜿蜒《えんえん》とねばったが遂《つい》に諦《あきら》めねばならなくなって、トモ子が玄関に出ると、折から啓一郎がK産業から帰ったところであった。「まあ」「あ、倉賀野さんのところでお目にかかりましたね」両方で愕《おどろ》いたが、トモ子は咄嗟《とっさ》に編集者の意識で啓一郎に話しかけた。当の伯爵に会って駄目なら側面攻撃で行くのが定石である。倉賀野祐子の噂《うわさ》話《ばなし》から始めた。そして、「種は割れてますのよ、J社のミステリー、お訳しになったのは貴方《あなた》ですってね」と笑いかけると、怪訝《けげん》な顔で、「はあ？」と云った。「とんでもありませんよ。僕は生れたときから日本にいますし、語学は不得手です。倉賀野さんがJ社のミステリーを訳した話は僕が直接あの人からきいただけです」「まあ、私たちは散々貴方との経緯をきかされましたのよ」「何をです？」「貴方が祐子の名前を借りた理由について」「僕がどうして倉賀野さんの名を借りるんですか」「祐子を御馳走《ごちそう》するためだったと、彼女はそう云いましたわ」加賀啓一郎は正田トモ子の調子にようやくむっとしてきた。「貴女がたは大層失礼ですね。あの日も僕は貴女がたの態度にかなり不愉快な思いをしましたよ。女ばかりの中に嫌だというのに招待しておいて、話らしい話も碌《ろく》にせずじろじろ眺めて、随分失敬な人たちだと思いましたよ」話のひどい喰《く》い違いを発見して、今度は正田トモ子が愕然とした。「するとあの日、加賀さんは私たちの招待で雨の中をお出《い》でになったのですか？」「そうですよ、雨の中を。僕の地質学研究を聞かせてほしいからって、貴女がたの中の誰方《どなた》かがおっしゃったのでしょう？」トモ子は倉賀野祐子のついた嘘にまざと正面衝突してしまったのだ。そのときはまだ友情があった。それは祐子の嘘ですと加賀啓一郎に云うのは憚《はばか》ったのだ。が、「まだ驚いたことには、よ？　J社のミステリーは実際に彼女自身の翻訳なんだわ。というのは翻訳料が入ったから、と云っては祐子の方から加賀さんに御馳走していたということが判明したの。私は呆《あき》れてものが云えなかったわ。加賀伯爵の手記なんかどうでもよくなっちゃった」

「そういえば婦人雑誌に翻訳者の横顔って祐子さんの写真が出てたの見て、名ばかりじゃなくて顔まで貸すとは大した度胸だと思ったことがあったけど、やっぱり嘘だったのね」

「派手なものを着ていたのは、倉賀野家の居食いで出来ることじゃなかったのよ。だって、あのミステリー叢書《そうしょ》に彼女の翻訳は年に二冊は出るんだもの、潤沢な筈なのよ」

「随分手のこんだ嘘をついたものね」

感心していると、正田トモ子は身を乗出して、

「もっとよ、もっと酷《ひど》い嘘があるのよ」

と唇を突き出した。

加賀啓一郎は醍醐公彦と会ったことがないと云ったのだった。

「あら加賀さんと学習院の同窓だって聞いてましたよ」「いや、少くとも僕らの三年ばかり先輩に伊藤博文の孫なんてのはいませんよ。醍醐というのは同級にいましたが公彦という名でも、伊藤家からの養子でもなかった筈です」「じゃ貴方は醍醐さんに会ったこともないんですね？」「ええ。倉賀野さんの話で聞いたことはあります。お会いする

約束に僕が遅れて擦れ違いみたいになったこともありますが」

そのとき以来、正田トモ子はすっかり倉賀野祐子を信用する気は失ってしまったのだ。

「嘘つきよ、あの人、醍醐公彦は架空の人物よ」

彼女は確信して再び結論した。

「でも、全く醍醐さんという人がいないかどうかは疑問なんじゃないの？　現に四月結婚の予定だと私は祐子からきいたばかりよ」

文代はしかしトモ子の過激な結論を全幅的には首肯しかねた。何故《なぜ》ならば醍醐公彦という名を初めてきいたのは、もう何年前のことになるだろう。学生時代は殆《ほとん》ど毎日のように、そして卒業後は会えば会う度に、手紙にも葉書にも彼の名の現れなかったことはなかったのだ。伊藤博文の孫が眉唾だとしたって、留学し、帰国し、京都にいる醍醐公彦を架空とする論拠にはならない。祐子が嘘つきであることは認めなければならないけれども、根っからの嘘だと思うことは一寸《ちょっと》飛躍が過ぎるようだ。

「そうね、山の家で恋文書くの手伝ったこともあったし、卒業のときあんなに涙を流したのが全部芝居とは到底思えない。それに醍醐さんからの恋文たしかに読んだことがあるし」

「醍醐さんの研究だって詳《つぶ》さに呪文《じゆもん》みたいに唱えてたじゃない？」

「それそれ」

と正田トモ子がまた叩《たた》き潰《つぶ》した。祐子の書いてきた物理科学の方程式を理科出身の同僚に見せたところ、「なんだ、これ」とたちどころに説明してくれた。それによれば純粋物理学理論までには程遠い初歩の方程式に過ぎなかった。

「お家柄の話もね」と武井麗子も、「平林さんがときどき陰で笑ってたわ。何家と何家って仰々しく話していたでしょう？　最近に得た知識なんじゃないかしら、私には珍しくもないんだけど、って。伊藤博文云々《うんぬん》や元宮様の話なんか、平林さんは初めから信用してなかったのよ」

「だから煙ったくて貴女たちを敬遠してたのね、祐子は」

「湯元博士もこうなると眉唾ものだわ」

「京都の大学へ問い合わしてみない？」

「そうだ、私、往復葉書で速達出すわ」

正田トモ子ばかりでなく、皆異常に昂奮《こうふん》してきた。ところが一番の被害者である瀬見薫は別の屈託に埋れていたらしく、気乗りのしない様子である。

「でも、そんなに疑っちゃ悪いわよ。少くとも祐子さんは私たちのお友だちなんですもの。それに山崎さんは醍醐さんとアメリカで会って、それから私の話が起ってるのよ」

「嘘よそれも、それに違いないじゃないの」

正田トモ子が事もなげに云ったとき、瀬見薫は皆がはっとするような突き詰めた声を出した。

「じゃ。山崎さんに会って聞いてごらんなさい」

そうだった。話は薫と山崎滋之との問題から始まっていたのだ、と文代も思い出した。そして今の薫の様子から、この人には山崎滋之に対する執着も未練も充分にあるのに違いないと察した。先刻は皆が山崎に会うことを快しとしない様子だったが、会ってほしいのが本心だったのだ。そうだった、文代は何か云い出しかけた正田トモ子の口を封じて云った。

「私たちで、山崎さんに会ってみない？」

P銀行に電話をかけて外国為替《かわせ》部の山崎滋之を呼び出し、瀬見薫の友だちだがと云うと、

――瀬見さん？　失礼ですが誰方ですか。

思い当らぬ様子である。

「あの、では倉賀野祐子さんを御存知でしょうか？」

――はあ、倉賀野さんなら存じ上げておりますが。

「倉賀野さんが御紹介した瀬見さんのことで、ちょっと私どももお目にかかりたいのですけれども」

——どんな御用件でしょう？

明らかに迷惑そうな訊き方だった。電話で云えることではないので、ともかくお目にかかりたいとねばって、ようやくきめた会見の日どりは、文代の下宿に皆が集ってから一週間とたっていない。

正田トモ子に仕事が出来てしまって、会ったのは文代と武井麗子の二人だった。瀬見薫には会う場所の通知をしなかった。明らかに未練のありそうな様子だったから友だち甲斐《がい》に話がうまく行くものなら、あらためて山崎氏と薫の交際を続けられるようにはからう気だったのである。

夕刻、P銀行が退《ひ》け、文代も麗子も都合のいい六時という時間が来ると、男女三人は日本橋の小ざっぱりしたレストランの卓を囲んでいた。できるだけ平和に話しあい聞き出すべきだと思ったので、ゆっくり夕食を共にする気であった。

山崎滋之は三十過ぎの男にしては肥満しすぎている中年めいた体軀《たいく》をずしりと椅子《いす》に落着けて、二人の職業婦人に会うことを愉快ではないがという顔で、しかし物怖《ものお》じしていない。薹《とう》が立つのは女ばかりでなく、男もこの年まで独身だと、こんな工合に要心深くってしかも憎態《にくてい》な様子が身についてしまうものだろうか。

「お話は一体、なんです？」

「瀬見さんを何故おことわりになったのか、貴方のお口から直接うかがいたかったのですけれど」

「瀬見さん？　電話でもおっしゃったようですが、誰方のことなんです？」

「貴方が倉賀野さんの世話でお見合なさった相手のことですわ。貴方がアメリカ滞在中の二年間をただ待たせておいて、それでお断りになるなんて、あんまりじゃありませんか？　私たち友だちとして見かねましたの」

武井麗子が早口で云った。スープも運ばれて来ぬうちから、困ったことになったと文代は気を揉《も》んだが、どうすることもできない。

「ちょっと待って下さい。何をおっしゃってるんです貴女がたは？　見合だの、アメリカの二年間を待たしたのって、僕には何のことだかさっぱり分りません。いったい倉賀野さんは何を貴女たちに喋《しゃべ》ったのです？」

「祐子には会っていません。話は瀬見さんから聞いたのです」

ポタージュの表面が固まって湯気も出なくなったころ、文代と麗子は事の真相の意外さに顔を見合わしていた。

山崎滋之は、瀬見薫のことを間もなく思い出したが、「ああ、あの人のことですか」と、これまでに一片の興味も持ったことのない様子だった。というのも、彼は倉賀野祐子から見合のミの字も聞いていなかったからである。しかも祐子と二人きりの会話で瀬見薫の話が出たことはただの一度もなかったというのだった。確かに両三度芝居や映画に三人で出かけたことはあるけれども、祐子が友だちと称する女を連れて来たのは薫が初めてではなかったし、それに祐子が切符を買い祐子からの誘いに出かけた上は一応の礼儀として話を合わせることはあっても、大して注意を払ったことはないと、山崎滋之はふてぶてしく見える態度でそう云い切ったのだった。

「じゃあ、祐子が度々貴方をお誘いする理由について考えたこともおありにならない？」

「考える前に祐子さんからは手紙を貰《もら》っていましたよ」

「はあ？」

山崎氏は傲然《ごうぜん》とボーイを手招きして冷たいポタージュを下げさせた。替って運ばれた肉の皿に、文代も麗子もやはり手が出ない。話の意外が重なりすぎたのである。祐子が薫を単なる友人としてしか紹介しなかったのも思い及ばなかったが、その祐子自身が山崎滋之に恋文を書いたというのだった。

「ほんとですか？」

と急《せ》き込んで、

「僕まで嘘はつきませんよ」

と苦々しく返された。

「信じないわけではないのですけれど、でも醍醐公彦さんというフィアンセがあることを山崎さんは御存知なんでしょう？」

「それは知ってます」

「アメリカでお会いになった……？」

「いや、行き違いになったようです」

「はあ……」

ここにも醍醐公彦の実在を信じる人がいた。しかも彼も一度として彼に会っていない。

文代と麗子は今はこれまでと思いながら、もはや親友の祐子の名誉が傷つくことを構わず、現に傷ついている瀬見薫の回復のために、経緯を交々《こもごも》語り出した。

「ほう？　ははあ」

ようやく山崎は興味を示して聴き始めた。フォークとナイフは動かしながら、である。しかし彼は文代たちの意図に反した反応の仕方をした。つまり薫を考え直す方途には向かずに、倉賀野祐子の嘘そのものを探究したくなった様子なのである。

「しかし、僕は醍醐という男は実在すると思うな。でなくて、あんな手紙の書ける筈はないもの」

「どんな手紙ですの？」

「祐子さんはね、やっぱり苦しんでいましたからね。僕は知りあった以上、それを慰める義務はあったらしい」

「どういうことでしょう」

「つまり手短に云えば醍醐公彦氏は彼女に女の満足を与えてくれたことがないというのですよ」

「信じられないわ、私たち。だってそれはそれは幸福そうでしたもの。それに醍醐さんの手紙見たことありますけど、熱烈なものでしたわ」

「女の貴女がたには虚栄があったのでしょう。僕への手紙は今僕が云ったとおりです。お疑いでしたら、お見せします。僕も不愉快ですからね。貴女がたの話だと瀬見さんを僕が故意に失恋させた形でしょう？　冤罪《えんざい》を雪《そそ》ぐためにも見て欲しいですね」

「え、拝見させて頂きます。是非」

そして翌々日、今度は正田トモ子も揃《そろ》って倉賀野祐子の恋文なるものを読んだのであったが、十枚余りの便箋《びんせん》をびっしり右肩上りの文字で埋めたその嵩《かさ》にまず愕かなくてはならなかった。筆まめで長い手紙が例の祐子だったが、流石《さすが》にグループではまだ誰もこんな厖大《ぼうだい》な手紙を受取ったことがなかったのだ。そして醍醐公彦に宛《あ》てた恋文を再三読まされた文代たちも、これほど長い手紙はなかったように記憶している。

山崎滋之様、幾度かためらう筆に諦めて、ああ何度祐子はそれを下に置いたことでしょう。

まず、これが書き出しである。いきなり、でーっと山崎氏に向けた彼女の思慕を熱烈に書き綴《つづ》り、ねちっこい文体が繰返し繰返し、愛だの苦悩だの、懊悩《おうのう》だの、物々しい字句を練り返している。

お目にかかった最初から、祐子は貴方様の御胸《みむね》の中に飛込みたい欲求を覚えました。どうぞはしたないとお蔑《さげす》み下さいますな。許婚者《いいなずけ》のある身で、ふしだらとでも思《おぼ》し召すようでしたら、祐子は申さねばなりません。醍醐公彦とは婚約破棄を致す所存でございます。

さあ出てきた。と一同は緊張して、その後を読んだ。要旨は次の通りである。倉賀野祐子は訴えるように醍醐公彦が婚約以来彼女に如何《いか》に冷たかったか、数々の実例をあげてかき口説いていた。恋しあって以来、十年近い歳月が流れていること。その間、「一度の抱擁も一度の接吻《せつぷん》も（原文ノママ）」受けたことがなかったこと。「燃える心も、燃えつかせぬ冷たさに（中略）愛は冷えようとして、ただ私の努力が消さなかったので（原文ノママ）」あること。「ああ貴方には愛を得たいと苦しむ処女の悶《もだ》えはお分りになりますまい（原文ノママ）」悶えに悶えぬいて「祐子はふと目の前に立つ貴方を天の啓示のように感じたのでございました」醍醐公彦はそのときから虚構の過去となった――。祐子は愛の対象を得んがために醍醐を愛したのだ。しかし愛し返されずにいたことは却《かえ》って幸運だったかもしれない。祐子は今こそ「無垢《むく》の処女として誇らかに」貴方に愛を訴えるのだ――。

便箋十二枚が徹頭徹尾この何層倍か濃厚なものだったから、憑《つ》かれたように読み了《おわ》ると三人は三人とも疲れてしまっていた。想像以上のぬめっこさだったのだ。これだけのものを目の前で三人の未婚婦人に読ませておいて眉一つ動かさない山崎という男は、いったいまあ何を考えていることかと、文代はそんなことも思っていた。

「驚いたわね」

「これほどとは思わなかったわね」

「でも……」

ふと文代は文体に連想があった。随分昔のことになるけれども、醍醐公彦から祐子に宛てた手紙を読んだ記憶はまだ全く消えてはいないのだが、遥《はる》かに遠く霞《かす》みかかった記憶を手繰《たぐ》り返してみて、あの手紙この手紙、彼我何らかの共通点があるような気がする。どちらも普通なら遠慮しがちな愛に関する単語がぬけぬけと羅列してあったこと、右肩上り鮨詰《すしづ》めの字句、時折ねばねば繰返される古語――。

「似ていない？」

「あ、田中さんもそう思ったんでしょ？　断然そうよ、醍醐さんの手紙ってのは偽筆だったのよ。間違いないわよ。だって昔ラブレターだって見せられたときから私たちは字が似ている、似ているって騒いだじゃないの」

「でも、それにしても内容が猛烈だわね」

武井麗子は興醒《きょうざ》めしたように云うと、煙草《タバコ》に火を点《つ》けながら、すんなりと足を組んだ。高級喫茶店のソファに寄りかかって、この人ほど恰好《かっこう》のとれる人はあるまいと文代は場合を忘れて感心している。スエードの黒いハイヒールも上等なのか形がよくて、灰色スーツの裾《すそ》から純白のナイロンレースがのぞいている。この美人には、他人が書いた恋文にでも、それが女から男へ宛てたものでも、自尊心に抵触《ていしょく》するのかもしれない。

「そんなに猛烈ですかねえ」

山崎滋之はこのとき、やはり煙草をふかしていたが、煙の輪の向うからのんびりと麗子に相槌《あいづち》を求めた。急に文代には自己嫌悪が起ってきた。一人の条件完備した男性を囲んで、三人の婚期を逸した女たちが、一人の処女の書いた恋文を廻《めぐ》って茶を喫している。早くピリオドを打たなくては私たちこそ傷つきかねない——、腰を浮かして口を切ろうとしたとき、思いがけぬ事件が起った。

瀬見薫が入って来たのだった。

この日山崎滋之と文代たちが第二回の会見をするということは誰も薫に告げなかった

筈であった。最初から薫をオミットしたのは他意どころかむしろ薫と山崎とがこの一件を離れてうまく交際を続けることができるようにと友達甲斐に希《ねが》ってのことであったのだ。それが話をきいてみて三人とも薫を同席させないでよかったと胸を撫《な》で下していた。薫が一枚加われば話に忽《たちま》ち客観性がなくなることは明白であったのだ。

そこへ薫が乗りこんできた。しかも三人の友だちが一斉に立ち上ってしまったほど、彼女の表情は異常だった。頬《ほお》が強《こわ》ばっている、目が吊上《つりあが》ってしまっている。学生時代を通して、グループのペットだった薫に、こういう険相な面があったとは誰も知らなかった。ずいと一同の囲んでいる卓に近寄ってきて、山崎滋之の傍《そば》に立つと、丁寧にお辞儀をした。

「ごきげんよろしゅう、瀬見でございます。いつぞやは……」

「やあ」

山崎は明るく受けて、露骨に三人の女たちを見廻《みまわ》す。面白くなったぞ、という顔だ。どうも場所や時間を薫に洩《も》らしたのは正田トモ子であったらしい。責任を感じたのか経過報告を始めた。薫は落着かぬ様子で、ショールや昔式の和服コートを細かく折畳んだり羽織の紐《ひも》を何度も結び直して聞いていたが、聞き終ると大きく肯いて、紅茶を啜《すす》った。そして、

「山崎さん」

肩を落して斜《はす》に構えた。

「私は蹂躙《じゆうりん》されました。祐子さんは私を殺したのです。いいえ殺す以上の無礼を働きました。山崎さん、私は、私は、祐子さんを八ツ裂きにしてもあき足りませんわ。山崎さんにも恥かしいし、私は精神的に凌辱《りようじよく》されたんです。山崎さんは私をどうお思いなのか、私には全部分っています。私は自殺して……」

文代がはっと思い、トモ子も腰を浮かしたが止める隙《すき》がなかった。瀬見薫は思いつくままの言葉ありったけを集めて、倉賀野祐子を弾劾《だんがい》し始めたのである。

その声の上ずって甲高かったことといったら、文代などは四、五日というもの耳の奥に張りついて消えずに悩まされたくらいである。薫は完全に常軌を逸していた。何を喋っているのか薫自身も分らぬ様子だった。文代とトモ子が赤くなったり青くなったりしている傍で、武井麗子は不快で消えも入《い》りたい風情《ふぜい》である。たまりかねたのは山崎氏だった。薫の言葉が切れるのを待って、

「どうやら僕は貴女がたと無関係な人間だということだけは、はっきりした様子ですから。では」

要領よく祐子の手紙を封筒に納めて立上ると、慇懃《いんぎん》に一礼した。

「山崎さん！」

薫が叫んだが背中で黙殺したまま数歩行った。

薫が更に追いすがるように、

「山崎さん！」

と呼びかけると流石に振向いたが、その目には最前まであった倨傲《きょごう》な光も、皮肉で憎態な動きもなく、憐《あわ》れむに似た痛ましげな表情があった。すぐ顔を背けて、もう振返らなかった。

薫がコートとショールを抱きかかえたままソファの肘《ひじ》に喰いつくようにして泣き始めたが、三人の職業婦人たちはその醜態を他の客たちの目から遮《さえぎ》る手段などもはや思い及ばなかった。誰も今の山崎滋之の目に殺されていたのである。自尊心は、髄まで掻《か》き潰されてしまっていた。

その翌々日、正田トモ子が遂に倉賀野邸に乗込むことになる。祐子にこそ四人が顔を揃えて会うべきだと誰もが思ったのだが、いざとなると文代も武井麗子も瀬見薫も、自分たちが被害者であることが意外に大きなひっかかりになって、未婚の処女である事実にひどい劣等感を覚えて尻込みしてしまったのである。三人とも他人が傷つけられた事には義憤を公開できても、自分のこととなると何故か後めたい。

「そんな馬鹿なことないじゃないの。倉賀野祐子をギューの目に遭わせるのは社会正義の為《ため》よ。同じグループだから騙《だま》される筈はないと思ってうかうか傷つけられていたんでしょう？　他にもきっと祐子の口先で酷い目に遭った人たちがいるに違いないんだわ。

今ここで祐子をとっちめておかなくては累《るい》を千人にも及ぼすのよ」

トモ子がいきまいて、到頭、

「じゃ、私一人でもやってみせるわ！」

ということになってしまったのである。ジャーナリスト意識がそうさせたのかもしれない。公憤で動くのは私憤が原動力であるときより華々しい見栄が切れるものだ。トモ子が祐子の手引で見合をしていなかったことは此《こ》の場合、全く祐子の手落ちだったと云えよう。実際、祐子がこれまでについた嘘が公衆の面前で一度もあばかれなかったというのは巧みに相手の泣きどころを押えて打った芝居だったからだと云えるようである。嘘だと分ってもそれが口に出せない立場を、相手の中に見出《みいだ》すか作り出すか、とにかく祐子の手際は今にして見ればやはり見事であった。

「感心する場合じゃないわよ。その、人の好《よ》さとか、こっちの友情意識だとかが祐子の足がかりだったんじゃありませんか」

正田トモ子は歯ぎしりをして、それから打倒祐子の意気に燃え立って武者震いをした。で、以下をトモ子の報告によるとしよう。

先《ま》ず電話で在不在を確かめたところ、「ちょっと取込みがあって」と会いたがらない。そこは日頃人嫌いの執筆者とわたりあっているトモ子だから、時間の約束はせずに急襲した。女中が奥に引込んで随分待たせてから戻ってきて、「どうぞ」応接間で、また長い時間待たされた。この間に逃げる気だろうか、と不愉快な臆測《おくそく》が始まるころ、ようやく祐子が着物姿で現れた。常になく質素な様子でトモ子を見ると、抱きつくように傍に近寄ってきて、

「よくおいで下さったわ。お懐しいわ。お目にかかりたいと思っていたところでしたのよ。私ね、正田さんに是非聴いて頂きたいことがあるの」「縁談じゃないの、話って」ズバリと切りつけたつもりだったが、「え？」と妙な顔をしただけで、「醍醐がね、急病なの」と悲しそうに云った。

ははあ、これは何かこちらの動静に感づいたな、と思ったから嘘を承知で聴くだけ聴いてやれと正田トモ子は白ばっくれた。「まあ、どうなさったの？　春には式だって定ってたんでしょう？」「ええ、四月二十四日よ、東京会館に会場もとったのに」「病気って、何？」「お訊きにならないで、それは」と辛《つら》そうだった。病名まで考えつかなかった咄嗟の嘘かと馬鹿馬鹿しく、「お取込みって、そのことだったの？」「ええ、考えるとどうにも考えがきまらなくて」「どうして？」「醍醐とは、婚約破棄するようにって、母が云い出したの」「また？」「今になってね、でも、たとえ業病《ごうびょう》だからって、十年愛しあった関係を清算できるものではないでしょう？」ぽろぽろと涙を流すのである。

「倉賀野さん、前にもそんなことがあったわね？　卒業前に地下食堂《キャフテリヤ》で、貴女はやっぱりそんな調子で泣いたものだわ。私たちグループのお人好し連中は、みんな一緒になっ

て心配したものよ。でもね祐子、もういい加減でやめてほしいのよ、そのお芝居は。私が来たのは、それを云うためだったわ」顔色を変えるかと思いの外、祐子は袂《たもと》からハンカチを出して、静かに頬を押さえてから、「なんのことかしら、正田さんのおっしゃること、分らないわ、私」

「とぼけないでね、みんな知ってるのよ、私たちは。婚約者だか恋人だか、醍醐公彦氏との物語に私たちは煙《けむ》に巻かれた恰好で貴女の嘘に傷つけられていたことも知らなかったんだわ。でも瀬見さんは殆ど発狂しかけたのよ。武井さんも不愉快な思いをしたし、田中さんだって去年の暮から苛々《いらいら》させられた筈だわ。貴女、罪もない人間に爪《つめ》を立てることはないじゃありませんか。しかも私たちは貴女を友だちと思い続けてきたのよ」実はトモ子の最初の予定では冷静に理詰めで祐子に両手を突かせる気だったのだが、醍醐公彦の急病といきなり相手から云い出されて、すっかり番狂わせになってしまったのだ。ところが祐子は、やけに落着いていて、まだ「ご免あそばせ、瀬見さんが発狂って、なんのこと？」まだそんなことを云う。

正田トモ子は昂奮した。「トボケないでよ、祐子。貴女が山崎さんに書いた手紙、私たちは読んだのよ！」

倉賀野祐子は息を止めて蒼白《そうはく》になった。

トモ子は瀬見薫と山崎氏の見合事件を中心にして祐子の嘘が如何に薫のコムプレック

スに突き刺さり、彼女の自尊心を八ツ裂きにしたか、三人の友人たちがどんな思いでそれを見守っていたか、言葉鋭く云い進んだ。「貴女は、貴女の嘘が、これ以上にない悪質な毒を含んでいたことを認めれば、瀬見さんばかりじゃない、私たちだけではない、貴女の周囲で醍醐公彦の幻影を見せつけられた総《すべ》ての人々に愧《は》じなくてはならないのよ。どう!?」

祐子は部屋の隅のベルを押して女中を呼びながら、「私、嘘なんて一度もつかないわ」と乾いた声で云った。「山崎さんのことについては弁解しません、正田さんには到底お分りにならないことだから」「ええ分らないわ、こんな滅茶滅茶《めちゃめちゃ》なことが出来る人間がいるということが、私には分らないわ。でも嘘をつかないとは云わせないわよ。グループでこの十年間に醍醐さんに会った人は一人もいないのよ、一人も！　何時でも何処かですれ違ったり、貴女が彼に会った直後か会う直前に私たちは貴女に会った勘定になってるわ。これをどう説明するの?」「醍醐と会った人はいてよ」「誰なの?　加賀さんも山崎さんも会ってないじゃないの。私の知っている人で醍醐さんに会った人がいる?」「いるわ」

「じゃあ誰なの?」「平林さん」トモ子は逆上して立上った。「平林さんですって!?」

このとき女中が顔を出した。祐子は静かな声で紅茶を命じている。立上ったトモ子は言葉の切先を折られた体だ。昂奮を抑えるために躰《からだ》が震えるのが自分にも感じられた。

死人に口なしという俗語が、こう洒々《しやあしやあ》と使われては死んだ平林珠美に対する無礼を憤るどころか、どんな罵言《ばげん》も一瞬に怯《ひる》んでしまう。

「醍醐がいないなんて、あんまりだわ。正田さん、貴女は私を信じて下さらないのね」ややあって祐子が云った。先刻血の気の引いた顔が、もう平静に戻っている。「ねえ、いったいどういう理由から私が嘘をつかねばならないとお考えになって？」

理由。それは貴女が常に誰よりも優越したがったからではないのか。誰も恋をしたことのないとき、祐子は得々として恋愛し、トモ子たちの夢をゆさぶって羨望《せんぼう》させた。誰も男性に熱愛されなかったとき、祐子は醍醐公彦という絶世の貴公子を設定した。そろそろ友だちも恋をする頃になると、皆の注意を惹《ひ》くために、醍醐公彦の条件完備を語り展《ひろ》げて、皆それぞれの恋を比較に色褪《いろあ》せさせたではないか。やがて聞き手が祐子の話に食傷してくると、当時学生たちに憧憬《どうけい》の的になっていた留学生試験に醍醐公彦はパスした。アメリカと東京を結ぶ恋文のやりとりに、やがて皆が聞きあきた頃、卒業でグループが各自の前途を思って祐子から注意を離しかければ、今度は公彦に絶交されかかる――。万事こんな調子で、祐子は常に皆の注目の的であろうとしてきたのではなかったか――。明らかに結婚について絶望に近づいてきた昨今の友だちに、今度は祐子は一人一人に各自の立場のみじめさを痛感させることによって、逆に自分の立場を高めてみようとしたのではないか――。瀬見薫は血祭に上げられた――。武井麗子も、かなりな目に遭わされている。表立たなくても、刃は奥深く刺さる細身なのだった。

正田トモ子の論法は火を吐くようであった。そもそもから説き起し、十年間を説き来って、トモ子自身も自分の話であそうかと気づいた位だ。比較的冷静だった証拠だと彼女は云って得意で文代たちに報告した。

「で、その間、祐子はどうしていたの？」

「グウとも云わせるものですか。一条一条抗弁は許さなかったもの。流石に又青ざめちゃってね、目を眇《すが》めて、もう例の舌ったるい調子は出なかったわよ。じーっと睨《にら》んでるだけ。凄惨《せいさん》だったわね」

「それから？」

「それからよ、愕いたのは。人が入ってきたの。誰だと思う？　山崎さんよ」

途端に祐子は、うわアーッと泣き出したのだ。トモ子はすっかり面喰《めんくら》った。山崎滋之が最前からこの家に現れていたことは考えてもみなかった。それがノブを廻して応接間に姿を見せ、と同時に芝居の段取り鮮やかかと思えるほど祐子は豹変《ひょうへん》してしまったのだ。「どうなすったのです？」と山崎は糞《くそ》落着きで祐子とトモ子を等分に見た。泣き声で二人は挨拶《あいさつ》を省略させてしまったのだ。「この方たち、この方たち、それは、それは酷いことを考えていらっしゃるんですもの」小娘のように祐子はしゃくりあげ、途切れ途切れに山崎に訴えかけた。

トモ子が後になっても、どうしても解《げ》せなかったのは、このときの山崎滋之のとった態度である。彼は、まるで祐子の保護者のように振舞ったのだ。「事情は僕も全く知らないわけではありませんから、公平に見ることが出来ないこともありませんが、まあ審判官《ジャッジ》を買って出るのは願い下げますよ」ところで、と、トモ子に馴《な》れ馴《な》れしく、「この人の周囲が今複雑を極めていますからね、その話は時間をかけて、後日ゆっくり話しあった方がいいのではないでしょうかね」

長広舌を振《ふる》ったあとではあり、正田トモ子は、かなり疲れていた。それに理窟《りくつ》を如何に整然と立てて迫っても、肝心の祐子に反省の気が毛ほども見えないのだから、トモ子のエネルギーは空転を免れなかったのだ。話が堂々めぐりになるのを懼《おそ》れて、醍醐公彦というあやふやな存在について問い詰めることより、瀬見薫という確《かく》として実在する人間の尊厳が傷つけられた事実に話を集注すべきだと考え、山崎滋之との一件を強引に突きつけようと始めたとき、その当の山崎が現れていたのだ。こんな大風《おおふう》な態度が、正田トモ子を黙らせる筈がなかった。

「山崎さん、貴方も瀬見さんの醜態を見たじゃありませんか。何の罪もない、しかも劣等感が内攻して家の中にいじけこんでいた一人の友だちを、ひきずり出して、しかも心を傷だらけにしてしまったのですよ。この人を私は反省させたいんです。一人の友だちを見捨てる前にすべきことだと思えばこそ云っているんです。貴方に止めだてして頂く義理はありませんわ」トモ子は最初は避けた恋文の一件を、遂に詳細にわたって祐子にあばいてみせた。「書かないとは云えないわね。ここに受取った当人がいるんですもの」どうだ！　とトモ子は睨み据えた。喉の奥で泣きながら、祐子は睨み返して、もう涙は流さなかった。

「正田さん、貴女は、貴女は分らないんでしょう。人を愛すとか、愛されるとか、それがどういうことなのか分らないんでしょ」「何を血迷ってるの。話はそんなことではない筈よ。貴女の嘘が人を愛したことに端を発したなんて、コジツケも良い加減になさい」「コジツケじゃないわ。嘘じゃないわ。私は山崎さんを真剣に愛したのよ！」

「それを山崎さんの目の前で云ったんですからね」

「どんな顔してた？　彼は」

「全くもう私には分らないわよ。男って女より単純だと思い込んでたの、お手あげだわ。あれも異常性格なんじゃないかしら」

つまり祐子は、山崎滋之を本当に愛して、そのために手段を選ぶ暇がなかったのだと云い切ったのだ。愛するために身も心も没入すれば、たとえ友だちを傷つけたとしても私自身の罪ではない。薫に最初は山崎滋之を見合させる気であった。それが、自分の気持が山崎に傾いてしまい、そんな中で薫に責め立てられて無理矢理にも彼を会わせねばならなくなり、それが招いた結果だというのだった。そしてこの話の筋の合間合間に、山崎滋之を如何に愛していたか、現在も愛しているか、何度も濃厚に繰返したのだ。

「それを、よ、山崎さんも尤《もっと》もな顔して肯いてるんだから処置なしよ。私は敗北したわ。山崎さんの曰《いわ》くには、そんな最中《さなか》に醍醐公彦が急病で入院、重態になったんですって。快癒《かいゆ》の見込みがないから婚約破棄せよと伊藤家からも湯元先生からも、お母さまからも迫られて」

「渡りに船じゃないの」

「さあそこがそう出来ない義理のしがらみですってサ。祐子は自分の心変りが醍醐氏の病気の誘因に違いないと反省して、一人で苦しみ悶えてるんだって。これが山崎さんの説明なのよ。さながらスポークスマンだったわ」

正田トモ子は近頃、やたら話に演出を加える癖が出来たらしい。文代たちにこれまで一息に物語ってから、さて切札のように一枚の葉書を取出して皆に示した。

「昨日、これがついたの」

往復葉書の一片だった。京都大学の物理学研究室から、お尋ねの醍醐公彦という人物については全く心当りがない旨の事務的な返信である。

今の話で、ひょっとすると醍醐公彦という人物は実在していたのかもしれないと瀬見薫と田中文代は気弱に考え始めていたから、この切札は確かに効果があった。

「で、醍醐さんの病気は何ですって？」

「脳を患《わずら》ってるんですってさ。頭がよすぎると常々思っていたら、って芝居のト書きなら〈声ヲ張リアゲテ泣ク〉ってところだわね」

「脳を……？　へええ。遂に窮したわね」

「ちょっと、死ぬんじゃないの、醍醐さん」

スパリと武井麗子が云って、三人をぎょっとさせた。実在せぬ人間に死を予言する――。存在しなかった人間が死ぬかもしれないという――。これはJ社の怪奇小説《ミステリー》どころではない。云った当の麗子も背筋を走る悪感に、当惑していた。


田中文代さま。

お懐しゅう存じます。今の祐子は、ただ貴女にだけ真実を擲《な》げ出して、お話しとうございます。醍醐が不治の病の宣告を受けました。長い年月、愛しあった相手が、やがて死ぬと決定されて、私は今、神仏にすがる僅《わず》かな光明さえ遮られています。友情が今は恋しゅうございます。最も敬愛していた貴女の胸に悲しみの顔を伏せて泣きとうございます。……

こういう調子の長い手紙が文代の手許に届いたのは、間もなくである。倉賀野祐子は、正田トモ子が乗りこんで来た一件はおくびにも出さずに、文代一人に親愛を示して、切々と悲哀を綴ってきたのだが、いかにも空々しくて文代はもう読めなかった。仮に醍醐公彦が実在したとして、恋人の死をこう麗々しく誇張した文章に書き連ねることが出来るものかどうか。山崎滋之に宛てたねちっこい恋文と、同じ手の同じ調子が先ず突っかかってきて、文代は今になってもまだこんな真似を続ける祐子の心底は、まあどういうことなのだろうかと呆れていた。末尾に繰返し繰返し、是非返事をくれと懇願していたけれども、馬鹿馬鹿しくて皮肉の一矢を報いる気にもなれない。

と、授業時間中に正田トモ子から電話があって、休み時間に是非電話がほしいと伝言があった。かけると、飛びつくように出て、

——祐子から今電話があったわよ。

「へええ。私のところには昨日手紙がついたばかりだわ」

——四方八方にPRしてるのね。だけど呆れるじゃないの、私になんと云ったと思う？　真実を理解して下さったのは貴女一人だと信じている、ですってさ。

「私にも、貴女一人だけ敬愛してるって書いてあったわ」

——馬鹿にしてるわね。この分じゃ、きっと武井さんのところにも、薫ちゃんのとこ

ろにも、よ。

「みっともないわねえ。あがいてるのが悲しくならない？」

——こっちが悲しくなるのは間違いですよ。馬鹿にしすぎてるわ。ふざけすぎてるわ。

正田トモ子は憤慨しているのだった。山崎と二人並んで、妙な対決をしてしまった彼女のことだから、これは尤もだった。

——口惜《くや》しいわねえ、ひどい目にあわしてやりたいわ。そう思わない？

「ええ、でもねえ」

文代はもうこの事件からは解放されたかった。嫌な話だ、と思うばかり、考えれば考えるだけ不愉快や自己嫌悪が繁殖してきて、結局、何を怒っているのか分らなくなってしまう。こんなことも婚期を逸した処女の苛立《イリテーション》ちかと考えが落ちると、もうどうにもならないのだ。

それに、醜い嘘が発覚して、それを掩《おお》う気かジタバタしている倉賀野祐子の様子には同情どころか哀感が強くて、文代はトモ子のようにはいきり立てないものがあった。

誰も恋人のないとき、恋人を設定して以来、それを長い歳月守り育ててしまった祐子に、当座しのぎの嘘が趨勢《すうせい》やむなく雪だるまのように膨脹してしまったことに、より深く、より切ない悲哀が感じられてならない。所詮《しょせん》、処女は誰も醍醐公彦を心で待つ者なのではないか。醍醐公彦の出現を望み祈り続けているのではないか。その願いが強すぎて、祈禱《きとう》最中の霊感が実生活と結びつくことがあったとしても、それを嘲《あざけ》り退けることは、文代にはもはや出来なかった。倉賀野祐子の醜態は、現実逃避が生んだ破局なのだ。文代は少くとも何の形もないものにすがりついて生きる惨《みじ》めさに、去年の夏気づいた筈であった。五十嵐みつ——老醜と処女の結合に自分は思い知った筈であった。倉賀野祐子の祈りもまた、すがる価値のないものにすがっていた醜さだったのだ——。が、文代は知っている、彼女には五十嵐みつを嘲笑《ちょうしょう》できない、倉賀野祐子を蔑《さげす》めない。現実を正しく凝視して、釈明《エクスキューズ》を一切退けて生きることの難しさを、文代は知っていた。

武井麗子が予言したとおり、醍醐公彦の死が通告されたのは、トモ子が倉賀野家を訪れて二週間たたぬうちであった。が、その間、グループは電話や速達に悩まされ続けた。死にかかったといっては電話がかかり、しかも電話口でわアわア泣き出すという大芝居に、嘘だと分りきっていながら文代たちはとにかく相手をさせられたのである。通俗な脚本が生涯の出世を賭《か》けた新人女優に熱演されている趣きがあった。——と、こんな皮肉な批評家はトモ子だけだ。人の好い観客代表の文代と薫は、また新たに醍醐公彦の実在を信じかけていたのである。

「馬鹿ね、まだそんなこと考えて。慶応病院中を探してごらんなさいよ、醍醐公彦なんて患者のリストにありませんよ」

トモ子は気丈なのかどうか、祐子の嘘の末期的症状に、また腹を立ててしまっていた。

――田中さん？　私、祐子でございます。今さっき、四時二十三分に醍醐が息を引取りましたの。

この電話に、文代はどうやって返事をしてよいものか全く戸惑ってしまった。芝居の念が入りすぎている。が、人一人死ぬというのは何にしても厳粛なことだ。薄気味の悪い思いに囚《とら》われて辟易《へきえき》しながらも、つい月並な愁傷の挨拶をしてしまった。途端、待っていたように祐子は、わっとばかりに又もや電話口で泣き出すのだ。

――私ね田中さん、山崎さんに対する愛にも終止符を打たれたと思うんですの。それが死んで行く人への手向《たむ》けですもの。

泣きじゃくりながら、そんなことを、しかも電話で云うのである。

醍醐家も、公彦の実家である伊藤家も外聞を憚る名門であるところから、死因に関して公表は出来ないのだということ、葬儀は京都の醍醐家で密《ひそ》かに行われるということ、そういう詳細まで電話で涙の合間に語られていた。

この大層もない電話ばかりは、正田トモ子に対して流石に繰返せなかったものらしい。

翌日文代がどうも気が落着かないので電話をすると、初耳だと云った。

――へええ、遂に殺しちゃったわけね。

それからトモ子は物好きにも武井麗子と瀬見薫に電話で通知があったかどうか訊いたらしい。誰も知らなかったが、結局はそれで皆が醍醐公彦の死亡通知を受けた形になった。祐子の肚《はら》が読めたと、後で気がついて又々トモ子は口惜しくなった。口惜しさを抑えかねたのか、遂に絶好の報復手段を思いついた。

「どう？　御香奠《おこうでん》を届けましょうよ」

「京都へ送るの？」

「違うわよ、倉賀野家よ」

あんまりあくどすぎると思わないではなかったが、思いがけず瀬見薫が眉を上げて、

「いいわ、やりましょう」

と云ったので、武井麗子も文代も賛成することになった。それまで気弱に尻込みばかりしていた薫の心底には瞋恚《しんい》が燃え続けていたのだと気づいたからである。

「でも祐子は京都でしょう」

「しっかりして、嘘っぱちよ。それに不在なら尚《なお》いいじゃないの。お母様に手渡したって効果充分よ」

「残酷すぎないかな」

「じゃ、いるかどうか、電話かけてみる？」

「番号知ってる？」

「知ってる。田園調布の五九六三番」

ゴクローサンと覚えていたトモ子は、云った途端に興醒めた。

「よしたっと」

暦の上ではとっくに春が立って、太陽暦も明日は三月のカレンダーが捲《めく》れるというのに、実際の気候は仲々酷寒から解放されない。初雪が北側の屋根や塀脇《わき》に残っている有様だ。原水爆の実験で、季節の秩序も狂い始めている——。オーバーに首を埋《うず》めて、三人は夕刻田園調布の駅《ホーム》に落合った。正田トモ子、瀬見薫、それに田中文代である。いよいよ倉賀野家に乗込んで、香奠を祐子に直接手渡すのだ。

「遅いわね、武井さん」

トモ子が云った。定刻七時を七分過ぎていた。

それほどまでして倉賀野祐子に地を舐《な》めさせることはないと思いはしたが、考えてみると醍醐公彦の実在は、確証はないとしても、はっきりした反証はないという点に、田中文代はやはり気付いたので、今日という日の結束に賛成していた。事実は見極めなければならない——これを処世のモットーとしようと思い決めたばかりである。祐子の嘘の醜さは、自分の中にもひそみかねない性質のものと思えば、これはやはり見極めるべきだった。だから本心にはかなり抵抗しながら出てきたのである。

正田トモ子は、半ば職業的習性で事実を発《あば》きたかったのだろう。それに彼女の場合には直接的な被害を蒙《こうむ》っていない強みがあった。その強みが、独身主義の空景気を煽《あお》りたてて今日の挙を主導《リード》している。祐子の虚構に確然とした終止符を打ちたい。今や、理性派の文代や麗子、それに意気地なしの薫たちの引っこみ思案を叱咤激励《しったげきれい》するのは自分の任務のように彼女は思っていたのだ。

薫が出かけてきたのは、もっと暗い思い詰めた動機からだった。怒りと恨嗟の極点で、彼女は彼女なりの呪《のろ》いを持っていたに違いない。祐子が香奠を受取るときの狼狽《ろうばい》を一目見たい。が、その後のことは考えなかった。

ところで武井麗子の場合は……。

七時二十分過ぎになっても武井麗子は現れなかった。渋谷にあるデパートに勤める彼女にとって、田園調布まで出て来るのは一番便利な筈であった。何か急用が出来たとしたら事前にトモ子にでも薫にでも連絡があってしかるべきだ。

「寒いわねえ」

薫が呟《つぶや》いた。小柄な躰がコートとショールで身をすくめると、人気少い夜の駅では殊にも寒々として見える。仄暗《ほのぐら》い電光を浴びた片頬は肌理《きめ》が疲れたように冴《さ》えない。が、もっと冴えないのはホームに落ちた影であった。ぼんやり明るい天井の電灯が、頼りない光を左右から投げ下していた。三人の立姿は二方の光線に戸惑って、ますますぼやけた薄い影を冷たく汚れたコンクリに伸している。どうにも寒い光景であった。

電車は何台も何台も通り過ぎ、あるいは折返し運転で空になって渋谷へ戻った。その都度、三人首を廻らして麗子の降りてくるのを待った。が、無駄であった。待つことの苛立《いらだ》ちから逃れたくて、何かと喋り続けていたが、努力を伴う饒舌《じょうぜつ》には限界がある。それに誰も努めて倉賀野祐子の話には触れなかった。つまりは今日これから乗りこんで行くことに三人とも割切れてはいないのである。仇敵《きゅうてき》を叩きのめし、打倒して、果して心が晴れるものかどうか。

ホームの大時計は八時五分前を示していた。八時まで待って武井麗子が来なかったら、私は帰ろう——そう文代は思い決めた。風が吹く。身震いしながら文代は醍醐公彦の存在を疑うべきでないと知ったのだ。実在ではない、あくまでも存在を。そしてその死はやはり悼《いた》むべきだ、処女の友情において——。

風が吹く。靴の中で爪先《つまさき》も蹠《あしのうら》も冷え痺《しび》れて感覚を失っているようであった。吹きっさらしに三人は、もう一時間も立っていたのだ。

長針が、ピクリと動いて正八時を示したとき、文代が二人の友人に振向くと、

「どうする?」

急先鋒《きゅうせんぽう》だったトモ子が、おずおずと訊いた。

# 解説

藤田香織

本書『処女連禱』は、昭和三十二（一九五七）年二月に三笠書房より刊行された有吉佐和子初の長編小説です。

当時作者は二十六歳。前年に「地唄」が文學界新人賞候補になり、ついで第三十五回芥川賞候補にも挙がり一躍注目を集めていた時期。それから長い年月が過ぎた今でも「短編でデビューした作家は長編を書いてからが勝負」と言われますが、恐らく状況は当時も同じだったはず。満を持して書かれたであろう本書からは、後に広く長く読まれた数々の名作に繋《つな》がる萌芽が散見しています。

驚くのは発表から五十七年という歳月が過ぎて尚《なお》、まったく色褪せていないこと。それどころか、現代の女子小説で繰り返し綴られる仕事、友情、結婚についての悩みや迷いが、鮮やかに描かれているのです。

今回の復刊で本書を初めて手に取った多くの読者にとって、昭和三十年代といえば、思い浮かぶのは恐らく映画化もされた西岸良平の人気漫画『三丁目の夕日』の世界でしよう。物語の幕開けとなる〈昭和二十二年頃〉ともなると、昭和四十三年生まれの私でも、教科書の戦後史でざっと習った程度の知識しかありません。記憶になどない、自分が生まれるずっと前の世界の物語には「共感」を得ることは難しく「そんな時代もあったのね」と、どこか距離を感じてしまうのが常です。

ところが、本書はそうはさせない。

私たちの「今」に問いかけ、寄り添い、ある種の感慨をもたらし、背を押してくれる。断言しましょう。本書で有吉佐和子を知った読者は、もっと彼女の作品に触れたくなる。『恍惚の人』や『複合汚染』といった後年のベストセラー小説の印象が強くある人も、改めて初期の作品にあたりたくなる。『処女連禱』は、それだけの力を秘めた作品である、と。

舞台となるのは〈昭和二十二年頃〉の名門R女子大学。まずは卒業を間近に控えた、七人の女子大生たちの関係性が簡潔かつ鮮やかに描かれます。

旧華族の御曹司で東京大学理学部を卒業したという恋人との仲に苦悩する倉賀野祐子。

下町育ちで〈何の皮でも剝《む》かずにはいられない〉物怖じしない性格の正田トモ子。

五尺四寸十八貫（約164cm　67・5kg）と大柄で、グループの母的存在の才女・玉置朋枝。

小柄で恋愛事にも疎《うと》いカトリック信徒の瀬見薫。容姿端麗な武井麗子と平林珠美。そして同い年の恋人がいることをトモ子以外の仲間に打ち明けられずにいる田中文代。この文代を主な視点人物に、同じ学び舎で三年間仲良しグループとして過ごしてきた七人それぞれの行く末を追っていくのですが、第一章からして既に「女の友情問題」がさり気なく描写されています。仲良しグループとはいえ、文代たち七人は常に他者の顔色を窺い合うような関係ではなく〈七人が七人、勝手な考え方をして、それで落合うところは好意の故だ〉と了解している。それでも、ひとたび祐子が恋人の醍醐公彦に冷たくされたとあらば、日ごろは彼女と気の合わないトモ子でさえも、真剣に話を聞き同情を寄せるのです。

個人的に初読の際には、それって他人の不幸は蜜の味的な好奇心では？　と穿《うが》った見方をしたものですが、なにせ時は終戦直後。今ほど安易に恋愛にかまけてなどいられなかった時代です。祐子の恋はほかの六人にとってヤジウマ的好奇心を煽《あお》るものであると同時に、憧れでもあった。つい失念してしまいそうになりますが〈男子の大学より総体的に落ちる〉とはいえ、女子大に通う彼女たちは、この時代のいわばエリート。教育を受ける意味を重々承知し、社会へ出て働くことの矜持《きょうじ》もあったはず。それでも、いずれ家庭を持つことを夢見ていたのは、自らを「乙女」だと云った女教授を〈オールドミスの悲哀ね〉などと揶揄する場面からも窺えます。

見合い結婚より恋愛結婚比率が上回るようになったのは昭和四十年代半ば（国立社会保障・人口問題研究所による出生動向基本調査より）。大卒の彼女たちは、親のすめる相手と大人しく結婚するつもりはないものの、だからといって恋愛もままならない。その最たる理由は、配偶者として相応しい年齢の男たちが戦争によって大勢喪《うしな》われている＝女余りの世代であることですが、もうひとつ、恋人・醍醐公彦の存在を含めた祐子の呪縛がありました。第二章以降は、その影が次第に色濃く、卒業した後の六人の日々を覆って行きます。

臆面もない祐子の惚気《のろけ》に、自分の恋は本物ではないのではないかと不安を抱いた文代は、交際相手に物足りなさを抱き始め、祐子が安易に口にした「留学」という言葉に、自分はとても叶わないと感じた朋枝は仲間内でいちばん早く結婚し出産する。卒業後「職業婦人」にならず家に引きこもっていた薫は、祐子がついでのように持ち出した京大卒の男友だちを紹介する、という言葉に長く囚《とら》われてしまう。トモ子が独身宣言をしたのは、周囲から「売れ残り」と目される前に結婚「できない」のではなく「しない」との表明で、そこにはのらりくらりと長い春を謳歌する祐子への意地もあったはず。

既に本文を読み終えた方は、この祐子の存在について大いに語りたい思いが込み上げていることでしょう。ここまでするなんて信じられない、有り得ない。いや、いるいるこんな女。あるあるこんなこと――。祐子以外の六人は、大なり小なり彼女に翻弄され、本書はそうした意味でサスペンス&ミステリー作品としても受け取れます。サスペンス的見地から見れば、祐子はなんとも不気味で、常軌を逸したヒロイン。その嫌らしさ、周到さ、小憎らしさは尋常ではありません。

けれど、同時に、そうまでして友人たちの気を引きたかったのだと思えば、祐子の拭いきれぬ孤独も感じられるはず。実は珠美ほどの家柄でもなく、朋枝のような才女でもなく、トモ子のような気概もなく、さりとて薫のように身の程を知ることも出来ずにいた祐子。その言動に振り回された文代たちは、祐子の存在によってそれぞれに違う道を歩みながらも、互いの絆を深め、自らの現状を見つめ直していく。ところが、祐子はどれほどトモ子に迫られても、夢の世界に耽溺したままなのです。

恐らく、読者のなかには、本書の幕切れにいささか物足りなさを感じた人も少なくないと思います。が、このとことんまで祐子を糾弾せずに筆を置いた有吉佐和子の判断に、個人的には深い感慨を抱かずにはいられません。傷つき、怯《おび》え、怒り、他者のために憤る。それは人としてまっとうな感情ではあるけれど、文代が逡巡したように仇敵を叩きのめし、打倒したとして、後にはきっと一抹の寂しさが残る。これまで、とにもかくにも続いてきた友情をまったくの無にはしたくない。それは祐子への信頼というよりも、自分を守る術でもあるのだと、彼女たちは気付いているのではないでしょうか。

そして最後に。

祐子というとてつもなく厄介な存在を抱えた物語ではあるけれど、本書は痛快な負け犬小説でもあります。さすがに〈処女性〉についての認識は、現代とは異なる部分があるものの、理想の男性像について、背が高い人がいい、若いくせに肥《ふと》っているのは嫌、絶対貧乏は嫌などと言い合い、職場の男をあれこれ品定めし、年齢を重ねれば重ねたで周囲の男をこき下ろし、気炎を上げる姿は現代の女子会でもよくあること。バリバリ働きながらも、三十歳を過ぎて処女であること＝結婚していないことに、どこかコンプレックスを抱いているのも同じです。

自分の選んだ人生を肯定したいと思いながらも、他者が手にしたものが気になる。隣の芝生が青く見える。男女雇用機会均等法が施行されてから三十年近い歳月が流れ、結婚適齢期がクリスマスケーキに例えられた時代も遠くなった今でも、女子の人生の屈託は本書に描かれていることとそう変わらない。つくづく、これを六十年近く前に書き上げた有吉佐和子の眼力に恐れ入ります。

〈われらのために祈り給《たま》え〉と繰り返される聖マリアの連禱に涙した文代の胸にこみ上げた想いは、私たちの胸にも確かにある。

昔も今も、そしてこれからも、有吉佐和子の描いた「女」たちは「生」き続けるのです。

（ふじた・かをり　書評家）

# 有吉佐和子　PhotoMemory

## 作家デビュー当時をふりかえる

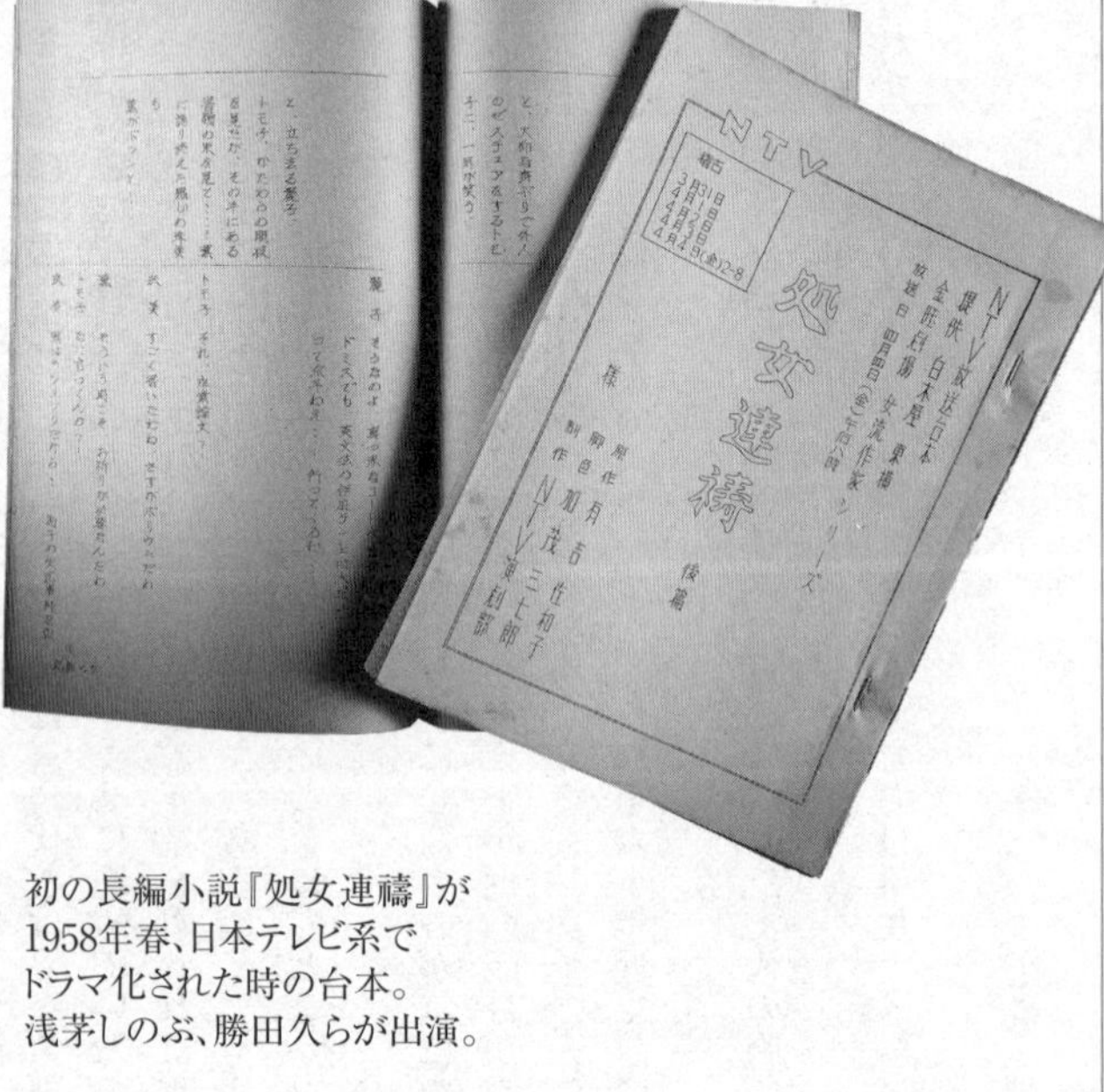


初の長編小説『処女連禱』が
1958年春、日本テレビ系で
ドラマ化された時の台本。
浅茅しのぶ、勝田久らが出演。

1956年夏、25歳の頃。

1959年秋、ロックフェラー財団の招きで
ニューヨーク州のサラ・ローレンス・カレッジへ留学。
演劇コースで学んだ(2点共)。

アメリカ留学時の様子を伝える、雑誌「週刊新潮」
1959年12月21日号の記事。

この作品は一九五七年二月、三笠書房から単行本として刊行され、
八六年十一月、集英社文庫として刊行されたものを再編集しました。

写真提供／有吉玉青　日本近代文学館
巻末写真デザイン／泉沢光雄

集英社文庫

処女連禱《しょじょれんとう》

2014年2月25日　第1刷　　定価はカバーに表示してあります。

著　者　有吉佐和子《ありよしさわこ》

発行者　加藤　潤

発行所　株式会社 集英社
東京都千代田区一ツ橋2-5-10　〒101-8050
電話　03-3230-6095（編集部）
03-3230-6393（販売部）
03-3230-6080（読者係）

印　刷　株式会社 廣済堂

製　本　株式会社 廣済堂

フォーマットデザイン　アリヤマデザインストア　　マークデザイン　居山浩二


ISBN978-4-08-745163-4 C0193